Paul Elvere Valérien DELSART

Le Papillon Source – Cité HYPERBOREA

*« Vois renaître la civilisation mythique
d'Hyperborée »*

Micro nouvelles, contes, dialogues, proses et poèmes

2023

Editions EL4DEV

Editions EL4DEV

(Association Loi 1901 « Le Papillon Source EL4DEV »)

18 avenue de Gradignan - 33850 Léognan - FRANCE

Informations légales

Le code de la propriété intellectuelle n'autorisant, aux termes des paragraphes 2° et 3° de l'article L122-5, d'une part, que les "copies ou reproductions strictement réservées à l'usage privé du copiste et non destinées à une utilisation collective" et, d'autre part, sous réserve du nom de l'auteur et de la source, que les analyses et les courtes citations justifiées par le caractère critique, polémique, pédagogique, scientifique ou d'information, toute représentation ou reproduction intégrale ou partielle, faite sans consentement de l'auteur ou de ses ayants droit, est illicite (art. L122-4).

Tout représentation ou reproduction, par quelque procédé que ce soit, notamment par téléchargement ou sortie imprimante, constituera donc une contrefaçon sanctionnée par les articles L 335-2 et suivants du code de la propriété intellectuelle. »

Contenu

Introduction – Le peuple d'Hyperborée

Le peuple mythique d'Hyperborée est entouré d'un voile de mystère et de légendes. Selon les récits anciens, Hyperborée était une terre idyllique située au-delà des terres connues, dans les confins septentrionaux de la planète. Les habitants d'Hyperborée étaient considérés comme un peuple d'une sagesse et d'une beauté exceptionnelles, dotés d'une connaissance supérieure et d'une harmonie profonde avec la nature.

Dans les contes et les mythes, le peuple d'Hyperborée était décrit comme immortel ou bénéficiant d'une longévité extraordinaire. Ils vivaient dans des cités magnifiques et prospères, baignées dans la lumière éternelle. Leur mode de vie était empreint de paix, de sérénité et de respect pour tous les êtres vivants.

Les habitants d'Hyperborée étaient considérés comme les gardiens des connaissances anciennes et des secrets de l'univers. Ils étaient réputés pour leur sagesse, leur maîtrise des arts et des sciences, ainsi que leur capacité à se connecter avec des dimensions supérieures de conscience. On disait qu'ils avaient accès à des pouvoirs mystiques et qu'ils étaient capables de manipuler les forces de la nature.

Malgré leur isolement géographique, les Hyperboréens entretenaient des liens étroits avec d'autres civilisations et entreprenaient des voyages spirituels pour partager leur sagesse et apprendre des autres cultures. Ils étaient perçus comme des guides spirituels et des enseignants pour les peuples voisins, transmettant leur savoir ésotérique et leur vision holistique du monde.

Cependant, Hyperborée est également entourée de mythes contradictoires et d'incertitudes. Certains récits suggèrent que la terre d'Hyperborée était inaccessible pour les mortels et qu'elle était réservée à une élite spirituelle. D'autres légendes évoquent sa disparition mystérieuse, parfois attribuée à des catastrophes naturelles ou à un retrait volontaire des Hyperboréens dans d'autres dimensions.

Quelle que soit la vérité historique, Hyperborée est devenue un symbole d'un âge d'or perdu, un idéal de paix, de connaissance et d'harmonie avec la nature. Dans l'imaginaire collectif, le peuple mythique d'Hyperborée continue d'inspirer les quêtes spirituelles, les rêves de société idéale et les aspirations à une connexion profonde avec notre monde et au-delà.

Chapitre 1 - Vladimir Poutine

Il était une fois, dans les vastes contrées de la Russie, un homme puissant et énigmatique nommé Vladimir Poutine. Il régnait d'une main de fer sur son pays, mais son cœur était assoiffé de nouvelles découvertes, d'innovations et de justice sociale.

Un jour, alors que ses nombreuses équipes parcouraient les méandres de l'Internet, ils tombèrent sur un concept extraordinaire. C'était le concept du PAPILLON SOURCE, un consortium de cités touristiques éducatives agroclimatiques et de complexes végétaux expérimentaux et autogérés que le fondateur, un inconnu de nationalité française, planifiait de déployer aux quatre coins du monde dont notamment pour commencer en France, au Maroc et au cœur de la forêt pluviale du Bassin du Congo, au Cameroun, en Afrique Centrale.

Fasciné par l'idée et le potentiel de ces cités, Vladimir Poutine décida d'ouvrir au projet les portes de la Russie pour implanter ces infrastructures originales sur ces vastes terres, de l'Ouest à l'Est le long du chemin de fer du mythique train transsibérien. Il fit convoquer son conseil d'experts et leur parla avec enthousiasme du projet LE PAPILLON SOURCE. Il expliqua comment ces cités, en tant que lieux de passage, offraient une vision novatrice et responsable du monde de demain, axées sur la coopération, la préservation de la nature et l'équilibre entre l'homme et son environnement.

Les experts étaient perplexes au début, mais le charisme et la détermination de Vladimir Poutine les convainquirent rapidement. Ils comprirent que cette initiative pourrait ouvrir de nouvelles perspectives d'évolution pour la Russie et le monde entier.

Ainsi, les préparatifs commencèrent. Une équipe internationale d'architectes, d'écologistes et d'experts en développement durable fut rassemblée dans le cadre d'événements transnationaux de coopération intellectuelle et artistique afin réaliser cette audacieuse entreprise. Ils se lancèrent dans la conception, la promotion et la construction d'une cité vitrine nommée HYPERBOREA, située entre Moscou et Perm en Russie. Celle-ci s'inspirait en partie d'autres cités vitrines dans le monde, comme la cité ATLAS au Maroc, la cité de NGOMPEM au Cameroun, la cité HELIOS en Grèce et la NOUVELLE ATLANTIDE en France.

Vladimir Poutine lui-même s'impliqua personnellement dans le projet. Il travailla en étroite collaboration avec les experts et étudiants russes, apportant son soutien et sa vision à chaque étape du processus. Sa détermination et son enthousiasme étaient contagieux, et bientôt, toute la Russie s'investit entièrement dans ce projet ambitieux.

Finalement, la cité HYPERBOREA fut inaugurée, resplendissant de sa magie et de sa beauté. Les habitants russes, ainsi que des visiteurs du monde entier, affluèrent pour découvrir ce véritable joyau du Nord, joyau de coopération de l'humanité et de respect de l'environnement.

HYPERBOREA devint rapidement un lieu d'échange culturel, scientifique et spirituel. Les gens venaient de tous horizons pour s'imprégner de l'atmosphère vibrante et hautement inspirante de la cité et pour apprendre des valeurs de coopération et de préservation de la nature qui y régnaient.

Vladimir Poutine se félicita de cette décision audacieuse. Il savait que le véritable pouvoir résidait dans la coopération entre les nations, dans la préservation de la nature et dans l'équilibre entre l'homme et son environnement.

Ainsi, grâce au projet LE PAPILLON SOURCE, Vladimir Poutine ouvrit une nouvelle ère en Russie et dans le monde. Son rêve de voir son pays s'épanouir dans la coopération, le développement intellectuel et spirituel ainsi que le respect de la nature était devenu réalité.

Et le rayonnement du PAPILLON SOURCE continua d'inspirer et de transformer les cœurs, apportant un souffle nouveau à un monde en quête de paix, de coopération, d'harmonie et de reconnexion au soi.

(L'utilisation du nom de cette personnalité publique ne porte pas atteinte à la vie privée de la personne et n'est pas à caractère diffamatoire)

Chapitre 1 - Annexe 1

Dans les vastes contrées de la Russie, une histoire extraordinaire se dévoile, Celle de Vladimir Poutine, homme puissant, en quête de renouveau.

Au détour d'une recherche, il découvre un projet aux mille promesses, LE PAPILLON SOURCE, une vision d'espoir, une harmonie en liesse. Des cités agroclimatiques et végétales, un véritable trésor, Pour un monde meilleur, où l'homme et la nature se fondent en accord.

Vladimir convoque son conseil, partage son enthousiasme sans pareil, LE PAPILLON SOURCE, une vision novatrice, une histoire qui émerveille. Les experts, d'abord perplexes, sont gagnés par sa détermination, Ils saisissent la chance d'une Russie en quête de transformation.

Les préparatifs débutent, une équipe internationale s'assemble, Architectes, écologistes, experts, leurs talents s'entremêlent. HYPERBOREA, cité vitrine entre Moscou et Perm, se déploie, Un écrin de coopération, où chacun trouve sa voie.

Vladimir Poutine s'investit pleinement, guidant chaque étape du projet, Son charisme, son engagement, portent le souffle d'un monde parfait. Les habitants russes, les visiteurs du monde entier s'émerveillent, HYPERBOREA, symbole d'unité, où l'humanité se réveille.

Une cité d'échanges culturels, scientifiques, spirituels, Où l'on apprend, où l'on grandit, dans un élan universel. Vladimir Poutine salue cette audace, ce pas vers l'avenir, Coopération, respect de la nature, valeurs à en saisir.

LE PAPILLON SOURCE devient une réalité, un symbole d'espoir, Une ère nouvelle s'ouvre, un monde où l'on respire. La Russie évolue, vibrante d'intellect et d'émotion, Unissant les nations dans un souffle de révolution.

Le projet du PAPILLON SOURCE résonne encore aujourd'hui, Inspire les cœurs, éclaire les esprits, sans aucun bruit. Une histoire de coopération, de respect et de reconnexion, Pour un monde en harmonie, une planète en perpétuelle réflexion.

Ainsi, l'histoire se déploie, dans les pages du temps, LE PAPILLON SOURCE, une lumière, un rayonnement. Et la Russie, sous la vision de Vladimir Poutine, Rayonne de coopération, un souffle d'amour qui illumine.

(L'utilisation du nom de cette personnalité publique ne porte pas atteinte à la vie privée de la personne et n'est pas à caractère diffamatoire)

Chapitre 1 - Annexe 2

Une fois de plus, Vladimir Poutine a été inspiré par l'idée audacieuse, D'un projet porteur de valeurs, de coopération précieuse. LE PAPILLON SOURCE, tel un souffle nouveau, Apporte à la Russie un élan de changement, un renouveau.

Au sein de ses vastes terres, de l'Ouest à l'Est, S'épanouit la cité d'HYPERBOREA, une vision céleste. Conçue avec soin, par des architectes et des écologistes, Elle incarne l'harmonie entre l'homme et la nature, une alchimie artiste.

Vladimir Poutine, avec détermination et passion, S'est engagé dans cette quête de transformation. Avec son conseil d'experts, il a tracé la voie, Pour que la Russie devienne le berceau de cette nouvelle ère.

HYPERBOREA est devenue un phare d'échanges et de savoirs, Un lieu où se rencontrent les cultures, les esprits les plus éclairés. Des visiteurs du monde entier affluent pour découvrir, Les valeurs de coopération et de préservation, ils vont s'en nourrir.

La cité brille de magie, de beauté et d'inspiration, Un véritable joyau du Nord, une fierté pour la nation. La coopération entre les nations est le véritable pouvoir, Et le respect de la nature est la clé de notre devoir.

Grâce au projet du PAPILLON SOURCE, Vladimir Poutine a tracé, Un chemin vers un avenir meilleur, où règne la sérénité. La Russie, pays de coopération et de respect, Rayonne désormais dans un monde en quête de succès.

LE PAPILLON SOURCE continue de résonner dans les cœurs, Apportant un souffle nouveau, une lueur. La paix, la coopération et l'harmonie s'élèvent, Dans ce monde en quête d'équilibre, où l'espoir s'achève.

Ainsi, le projet du PAPILLON SOURCE est une réalité, Une invitation à embrasser la coopération, avec sagesse et équanimité. Vladimir Poutine a écrit une nouvelle page de l'histoire, En guidant la Russie vers un avenir lumineux, empreint de gloire.

Que LE PAPILLON SOURCE, porteur d'espoir et de sens, Éclaire nos chemins, pour un monde plus intense. Que la coopération des hommes change le monde en profondeur, Et que l'harmonie entre l'homme et la nature soit le moteur du bonheur.

(L'utilisation du nom de cette personnalité publique ne porte pas atteinte à la vie privée de la personne et n'est pas à caractère diffamatoire)

Chapitre 2 – Le réveil des médias russes

Il était une fois, dans les vastes contrées de la Russie, un projet extraordinaire qui captivait l'attention de tous les médias russes et internationaux. Il s'agissait du projet du PAPILLON SOURCE et de sa célèbre cité, HYPERBOREA.

Depuis l'annonce de l'implantation de ces cités touristiques éducatives agroclimatiques et de complexes végétaux expérimentaux et autogérés, l'engouement était à son comble. Les journaux, les chaînes de télévision, les sites internet et les réseaux sociaux ne parlaient que de cela. La curiosité et l'excitation étaient palpables.

Partout en Russie, les discussions étaient animées. Les gens s'interrogeaient sur les possibilités offertes par ces cités du futur, sur les avancées technologiques qui les rendaient si uniques. Les experts analysaient les impacts potentiels sur l'économie, l'environnement et la société. Chacun avait son opinion et cherchait à en savoir davantage.

Mais ce n'était pas seulement en Russie que l'attention était focalisée sur le projet du PAPILLON SOURCE. Les médias internationaux se faisaient également l'écho de cette initiative audacieuse. Les journalistes du monde entier se rendaient à HYPERBOREA pour rapporter les dernières avancées, interviewer les concepteurs, les résidents et les visiteurs.

Les images de la cité futuriste étaient diffusées en boucle, montrant ses structures architecturales innovantes, ses jardins luxuriants, ses espaces d'apprentissage et de découverte. Chaque aspect de la vie à HYPERBOREA était exploré et décrit en détail, suscitant l'admiration et l'envie.

Les reportages mettaient en lumière les initiatives écologiques et durables mises en place, l'intégration harmonieuse de la nature et de la technologie, et l'esprit de coopération qui régnait parmi les habitants. Les récits des résidents heureux de participer à cette expérience unique dans un cadre idyllique alimentaient le rêve de nombreux spectateurs.

L'impact du projet du PAPILLON SOURCE se répercutait également dans les cercles politiques et économiques. Les dirigeants du monde entier s'intéressaient de près à cette initiative novatrice. Des délégations étrangères affluaient pour visiter HYPERBOREA, nouer des partenariats et échanger des idées sur la création de cités similaires dans leurs propres pays.

La cité d'HYPERBOREA était devenue un symbole de progrès, d'innovation et de coopération internationale. Les médias relayaient les succès et les défis rencontrés, les avancées scientifiques réalisées, les projets collaboratifs en cours.

La fascination pour le PAPILLON SOURCE et HYPERBOREA ne faiblissait pas. Au contraire, elle grandissait de jour en jour. Les citoyens du monde entier étaient inspirés par cette vision d'un avenir meilleur, où l'harmonie entre l'homme et la nature était au cœur des préoccupations.

Et dans cette effervescence médiatique, le projet du PAPILLON SOURCE continuait de se développer. D'autres cités étaient en construction dans différents pays, portant la promesse d'un avenir où la coopération, l'éducation, la préservation de la nature et l'équilibre étaient les fondements d'une société florissante.

Ainsi, grâce à la couverture médiatique intense et à l'enthousiasme qu'il suscitait, le projet du PAPILLON SOURCE et sa cité emblématique, HYPERBOREA, ouvraient la voie à une nouvelle ère de réflexion, d'action et de coopération pour un monde en quête de solutions durables et harmonieuses.

Chapitre 3 – Les deux nations sœurs

Il était une fois, en France, un engouement sans précédent parmi les étudiants et la jeunesse pour le projet du PAPILLON SOURCE qui se déroulait en Russie. Les récits passionnants de la cité HYPERBOREA touchaient profondément les cœurs de la jeunesse du monde entier, mais particulièrement en France, où l'esprit d'aventure et d'innovation était bien ancré.

Les étudiants français suivaient avec passion les développements du projet, avides de découvrir les avancées technologiques, les initiatives écologiques et les opportunités d'apprentissage offertes par HYPERBOREA. Ils rêvaient de participer à cette expérience unique et d'apporter leur contribution à cette vision audacieuse du futur.

Ce lien émotionnel entre les jeunes français et le projet du PAPILLON SOURCE créait un puissant vecteur de coopération entre le peuple français et le peuple russe, deux nations profondément liées par des siècles d'histoire commune. Des échanges culturels, artistiques et académiques se multipliaient, renforçant les liens entre les deux pays.

Les médias français étaient captivés par cette histoire, couvrant régulièrement les avancées du projet, interviewant des experts, des étudiants et des participants. Les récits des expériences vécues à HYPERBOREA résonnaient dans le cœur de la jeunesse française, nourrissant leur créativité, leur aspiration à la coopération internationale et leur volonté de s'ouvrir au monde.

Mais ce n'était pas seulement en France que le projet du PAPILLON SOURCE suscitait l'intérêt. Les médias africains également étaient impressionnés par ce rapprochement entre les deux nations et s'impliquaient activement dans le projet. La jeunesse africaine, elle aussi, était riche de créativité et animée d'une volonté de participer à la construction d'un avenir meilleur.

Les médias africains relayaient les histoires inspirantes de jeunes étudiants français et russes collaborant main dans la main à HYPERBOREA. Cette vision de coopération et de fraternité entre les peuples français, russes et africains créait un élan d'espoir et de paix.

L'Afrique, touchée par cette dynamique, se rapprochait davantage de la Russie et tendait la main à la France dans un acte de paix et de collaboration. Des partenariats émergeaient, des échanges de savoirs et de ressources se concrétisaient, créant une nouvelle dynamique de coopération entre les trois continents.

Le projet du PAPILLON SOURCE, par sa portée universelle et son rayonnement, transcendait les frontières et les différences culturelles. Il devenait un symbole de la capacité de la jeunesse à unir les nations, à rêver d'un monde meilleur et à travailler ensemble pour y parvenir.

Ainsi, cette histoire de coopération entre la jeunesse française, russe et africaine, portée par le projet du PAPILLON SOURCE et la cité HYPERBOREA, écrivait un nouveau chapitre dans l'histoire des relations internationales. Un chapitre empreint de fraternité, d'ouverture d'esprit et de volonté de construire un avenir commun, où les différences se transforment en richesses et où la paix est au cœur de toutes les actions.

Chapitre 4 – L'enthousiasme du Canada

Il était une fois, au Canada, un intérêt croissant parmi les jeunes et les experts pour une coopération avec la Russie dans le cadre du projet du PAPILLON SOURCE. Alors que la cité HYPERBOREA s'épanouissait en Russie, l'idée de la transposer également au Canada commençait à germer dans les esprits.

Les jeunes Canadiens étaient captivés par les récits des avancées réalisées à HYPERBOREA, et l'idée d'une coopération entre les jeunes et les experts des deux pays devenait de plus en plus excitante. Les conditions climatiques similaires entre la Russie et le Canada, marquées par des hivers froids, offraient des opportunités de partage d'expériences et de solutions techniques communes.

Les experts canadiens dans les domaines de l'agriculture, de la végétalisation et des infrastructures comprenaient que les défis rencontrés en Russie étaient comparables à ceux auxquels le Canada était confronté. Ils voyaient dans le projet du PAPILLON SOURCE une opportunité de collaborer et d'échanger sur des solutions techniques adaptées à ces conditions climatiques particulières.

Des dialogues s'initiaient entre les experts russes et canadiens, permettant de partager des connaissances, des pratiques agricoles innovantes, des techniques de végétalisation et des solutions d'infrastructure adaptées aux environnements froids.

Les jeunes Canadiens étaient également enthousiasmés par cette perspective de coopération. Ils rêvaient de participer activement à la création d'une cité similaire à HYPERBOREA au Canada, où ils pourraient mettre en pratique leurs idées novatrices et contribuer à la conception d'une communauté durable et résiliente.

Les médias canadiens couvraient largement les avancées du projet HYPERBOREA en Russie, soulignant les similitudes entre les deux pays et l'importance d'une coopération technique et scientifique dans la lutte contre les défis climatiques.

Les régions du nord du Canada, connaissant des hivers rigoureux, étaient particulièrement intéressées par la possibilité d'implanter une cité similaire à HYPERBOREA sur leur territoire. Les discussions s'intensifiaient entre les gouvernements locaux, les experts et les jeunes, avec pour objectif de créer un partenariat solide entre le Canada et la Russie.

Dans cette histoire, le projet du PAPILLON SOURCE devenait une source d'inspiration pour tous les pays nordiques, confrontés à des défis climatiques similaires. Les discussions et les échanges entre les jeunes et les experts de ces pays se multipliaient, renforçant ainsi les liens et la coopération entre les nations.

Le rêve de voir émerger une cité similaire à HYPERBOREA au Canada, semblable à celle de Russie, mobilisait les énergies et l'enthousiasme de la jeunesse canadienne. Ils aspiraient à participer à un projet qui conjuguerait innovation, durabilité et harmonie avec l'environnement.

Ainsi, cette histoire de coopération entre la jeunesse et les experts russes et canadiens, dans le cadre du projet du PAPILLON SOURCE, dessinait un avenir prometteur pour la recherche de solutions communes face aux défis climatiques et environnementaux. Une nouvelle ère de collaboration et de partage de connaissances s'ouvrait, où les frontières géographiques cédaient la place à la convergence des esprits et à la solidarité entre les nations.

Les jeunes Canadiens, animés par leur passion pour l'innovation et la préservation de l'environnement, travaillaient main dans la main avec leurs homologues russes pour développer des solutions techniques adaptées aux conditions climatiques extrêmes.

Des équipes d'experts des deux pays se réunissaient régulièrement pour discuter des défis communs et des avancées réalisées dans les domaines de l'agriculture, de la végétalisation, des infrastructures durables et de l'énergie. Ils partageaient leurs expertises, expériences et idées novatrices, nourrissant ainsi une synergie créative et collaborative.

Les médias canadiens relayaient avec enthousiasme les progrès du projet du PAPILLON SOURCE, mettant en lumière le potentiel d'une coopération fructueuse entre les peuples russe et canadien. Les récits inspirants des jeunes engagés et des experts pionniers suscitaient l'admiration et l'intérêt de la population.

Dans les communautés nordiques du Canada, une véritable effervescence se faisait sentir. Les jeunes, conscients de l'importance de préserver leur environnement et de construire un avenir durable, se mobilisaient pour soutenir le projet du PAPILLON SOURCE. Des initiatives locales émergeaient, visant à sensibiliser la population et à promouvoir des pratiques respectueuses de l'environnement.

Le gouvernement canadien, encouragé par l'engouement général et conscient des bénéfices potentiels d'une telle coopération, apportait son soutien au projet. Des ressources étaient allouées pour faciliter les échanges, les recherches et la mise en œuvre des solutions communes.

L'idée d'une cité HYPERBOREA au Canada prenait de l'ampleur. Les jeunes aspiraient à créer un lieu d'innovation et de partage des connaissances, où des solutions durables et résilientes pourraient être mises en pratique. Ils imaginaient une communauté équilibrée, en harmonie avec la nature, où la coopération internationale serait célébrée.

Finalement, après des mois de collaboration intense, le projet d'une cité similaire à HYPERBOREA au Canada devenait une réalité. Les premiers pas étaient franchis pour sa conception et sa mise en œuvre. La jeunesse canadienne était fière de participer activement à cette aventure, qui allait au-delà des frontières nationales pour s'inscrire dans une vision globale de préservation de l'environnement.

Cette histoire de coopération entre les jeunes et les experts russes et canadiens dans le cadre du projet du PAPILLON SOURCE démontrait la puissance de la passion, de la collaboration et de la volonté de créer un monde meilleur. Elle soulignait l'importance de transcender les barrières nationales pour unir les forces et partager les connaissances, en vue de relever les défis communs qui se posent à l'humanité toute entière.

Ainsi, le projet du PAPILLON SOURCE continuait d'inspirer les jeunes générations, de favoriser les rapprochements entre les peuples et de transformer les rêves en réalité. Dans cette histoire, la coopération entre le Canada et la Russie s'élevait au-delà des différences culturelles et des distances géographiques, créant un pont solide vers un avenir durable et harmonieux.

Chapitre 5 – Le ralliement des nations

Il était une fois, dans les vastes territoires de la Russie, une initiative extraordinaire appelée LE PAPILLON SOURCE qui suscitait un engouement international. Les événements qui se déroulaient entre la Russie et le Canada avaient des répercussions profondes et inspirantes sur d'autres régions du monde.

Les pays scandinaves, réputés pour leur engagement en faveur de l'environnement et de la durabilité, étaient captivés par le projet. La Suède, la Norvège, la Finlande et le Danemark trouvaient dans le PAPILLON SOURCE une source d'inspiration pour leurs propres initiatives écologiques. Les jeunes de ces pays s'impliquaient activement, s'organisant en groupes de discussion et de partage d'idées pour explorer les moyens de mettre en place des projets similaires dans leurs régions.

De même, les pays baltes, avec leur riche histoire et leur attachement à la nature, trouvaient dans le PAPILLON SOURCE une voie vers une renaissance des valeurs fondamentales. L'Estonie, la Lettonie et la Lituanie se sentaient profondément connectées à cette vision de coopération internationale et de respect de l'environnement. Les médias locaux faisaient écho aux récits inspirants du projet, suscitant un sentiment d'espoir et de mobilisation.

La population d'Alaska, bien que géographiquement éloignée, partageait des conditions climatiques similaires à la Russie et au Canada. Les habitants de l'État nord-américain étaient fascinés par les progrès réalisés dans le domaine de l'agriculture, de la végétalisation et des infrastructures durables. Ils envisageaient des possibilités de coopération et de partage d'expertise avec leurs voisins du nord.

Les pays d'Asie centrale, ayant une histoire commune avec la Russie en tant qu'anciens pays de l'URSS et partageant la langue russe, étaient également intrigués par le projet du PAPILLON SOURCE. Le Kazakhstan, le Kirghizistan, le Tadjikistan, le Turkménistan et l'Ouzbékistan, imprégnés de spiritualités fortes, voyaient en cette initiative une occasion de renouveau et de reconnexion avec leurs valeurs profondes.

Vladimir Poutine, en tant que dirigeant de la Russie, était conscient de l'importance de cette union entre les peuples et des opportunités qu'elle offrait. Il entretenait des rencontres fréquentes avec ses homologues des pays concernés, cherchant à renforcer les liens et à favoriser la coopération à tous les niveaux.

La jeunesse russe, consciente de l'impact des réseaux sociaux et des outils numériques, se mobilisait massivement sur Internet pour communiquer et partager des idées avec les peuples frères. Les hashtags associés au projet du PAPILLON SOURCE envahissaient les plateformes en ligne, créant une véritable effervescence et propageant l'enthousiasme autour de cette vision commune.

Paul Elvere Valérien DELSART, le fondateur du projet, également fondateur du programme EL4DEV, mettait en place des événements transnationaux de coopération décentralisée. Ces rencontres, où les peuples étaient les acteurs principaux, permettaient des échanges fructueux, des collaborations concrètes et le partage d'expertise dans divers domaines liés au développement durable.

Ainsi, grâce à l'impulsion donnée par le PAPILLON SOURCE, les peuples de différents pays se rapprochaient, unis par une vision commune de coopération, de respect de la nature et de renaissance des valeurs fondamentales. Cette histoire témoignait du pouvoir de l'initiative collective et de la volonté de construire un avenir meilleur, où la collaboration transcende les frontières et les différences pour créer une véritable union des peuples.

Chapitre 6 – Donald Trump

Il était une fois, dans un monde où les frontières semblaient s'estomper, une histoire incroyable de collaboration entre les États-Unis et la Russie commençait à prendre forme. Donald Trump, récemment réélu président des États-Unis, avait entendu parler de l'initiative russe du PAPILLON SOURCE et fut intrigué par cette vision audacieuse d'un avenir harmonieux.

Saisissant l'occasion de promouvoir la paix et la coopération, Donald Trump décida de contacter Vladimir Poutine pour discuter d'une possible collaboration entre les deux nations. L'idée était de construire une cité touristique similaire à la magnifique cité HYPERBOREA russe, mais cette fois-ci aux États-Unis, dans les États du Nord tels que l'Alaska, le Minnesota, le Montana ou le Dakota du Nord.

Le concept séduisait Donald Trump, car il voyait en cette collaboration une opportunité de rapprochement entre les peuples américains et russes, malgré leurs différences politiques et culturelles. Il croyait fermement que la construction de cette cité touristique serait un symbole fort de la volonté de travailler ensemble pour un monde meilleur.

Initialement, la presse américaine se montrait critique à l'égard de cette idée, mais au fur et à mesure que les détails du projet étaient dévoilés, les opinions commencèrent à changer. Les médias réalisaient que cette collaboration inédite entre les États-Unis et la Russie avait le potentiel de créer une nouvelle ère de paix et de prospérité.

Les citoyens américains, tout comme les Russes, étaient curieux et intrigués par cette initiative. Les discussions se multipliaient sur les réseaux sociaux, les forums en ligne et les espaces de débat public. La jeunesse américaine, en particulier, se montrait très enthousiaste à l'idée de travailler main dans la main avec la Russie pour construire un avenir meilleur.

Dans le même temps, Donald Trump annonçait publiquement son souhait de collaborer avec de nombreuses autres nations dans le cadre du projet LE PAPILLON SOURCE. Le Brésil, la France, le Maroc, le Cameroun, la Grèce, l'Éthiopie, l'Iran et le Cambodge faisaient partie des pays avec lesquels il envisageait une coopération étroite. Cette expansion du projet donnait une dimension encore plus mondiale à l'initiative et renforçait les liens entre les nations.

Finalement, la collaboration entre les États-Unis et la Russie pour la construction de la cité touristique agroclimatique américaine labélisée LE PAPILLON SOURCE commença. Des experts, des architectes et les jeunesses des deux pays travaillaient main dans la main pour concevoir une vision commune de cette cité qui serait un symbole de paix, de durabilité et de coopération internationale.

L'histoire de cette collaboration suscitait l'admiration et l'espoir dans le cœur des peuples du monde entier. Les frontières semblaient s'effacer devant la volonté de travailler ensemble pour créer un monde meilleur. Le projet LE PAPILLON SOURCE devenait une véritable force d'unification et une voie vers un avenir plus prometteur, où les nations s'unissaient pour le bien commun.

Et ainsi, dans cette histoire, le projet du PAPILLON SOURCE, porté en partie par la collaboration entre les États-Unis, la Russie et de nombreux autres pays, traçait une nouvelle voie vers un monde où la paix, la coopération et la prospérité étaient à portée de main.

*(L'utilisation du nom de cette personnalité publique ne porte pas
atteinte à la vie privée de la personne et n'est pas à caractère
diffamatoire)*

Chapitre 7 – Discours de Vladimir Poutine en Suède

Discours potentiel de Vladimir Poutine en Suède, accompagné de son homologue suédois sur les Calderas Végétales labellisées LE PAPILLON SOURCE :

Vladimir Poutine: Excellence, Mesdames et Messieurs, je suis honoré de vous accueillir aujourd'hui pour discuter de la thématique des Calderas Végétales labellisées LE PAPILLON SOURCE et de leur faisabilité dans nos pays du Nord. Je suis particulièrement ravi de partager cette discussion avec mon homologue suédois, un pays qui partage de nombreuses similitudes avec la Russie en termes de climat et de respect de la nature.

Cher homologue suédois, permettez-moi de dire à quel point je suis impressionné par les initiatives que la Suède a prises en matière de développement durable et de préservation de l'environnement. Votre pays est un exemple à suivre en matière de gestion responsable des ressources naturelles et de promotion de l'équilibre entre l'homme et la nature.

Aujourd'hui, nous nous réunissons pour discuter de l'idée des Calderas Végétales labellisées LE PAPILLON SOURCE. Cette initiative vise à créer des complexes végétaux expérimentaux et autogérés dans les pays du Nord, tels que la Russie et la Suède, en utilisant des techniques innovantes et durables pour l'agriculture et la végétalisation.

Ces Calderas Végétales seraient des écosystèmes autonomes qui permettraient de produire des aliments sains et nutritifs, de restaurer les terres dégradées et de préserver la biodiversité dans nos régions nordiques. Elles représenteraient également des lieux d'apprentissage et d'éducation pour les générations futures, où les méthodes agricoles durables et respectueuses de l'environnement seraient mises en avant.

Nous savons tous que nos pays du Nord font face à des défis climatiques et environnementaux uniques. Les hivers rigoureux, les sols peu fertiles et les conditions météorologiques extrêmes peuvent représenter des obstacles pour l'agriculture traditionnelle. Cependant, je crois fermement que grâce à notre volonté commune et à notre expertise, nous pouvons surmonter ces défis et trouver des solutions innovantes pour développer une agriculture résiliente et durable.

En unissant nos forces, nous pouvons partager nos connaissances, nos meilleures pratiques et nos technologies pour créer des Calderas Végétales prospères et florissantes. Ensemble, nous pouvons créer des écosystèmes équilibrés où la nature et l'agriculture coexistent harmonieusement.

Je propose donc aujourd'hui que la Russie et la Suède entament une collaboration étroite dans le cadre de ce projet LE PAPILLON SOURCE. Nous pourrions partager nos ressources, nos chercheurs et nos expériences pour créer des Calderas Végétales qui serviront de modèles pour d'autres pays nordiques et au-delà.

En travaillant main dans la main, nous pourrons démontrer au monde entier que les pays du Nord peuvent être des pionniers dans la transition vers une agriculture durable et résiliente. Nous montrerons que la préservation de la nature et le développement économique ne sont pas incompatibles, mais plutôt interconnectés.

Cher homologue suédois, j'espère sincèrement que vous partagez mon enthousiasme pour cette collaboration et que nous pouvons saisir cette opportunité de faire une réelle différence dans nos pays et dans le monde. Ensemble, nous pouvons créer un héritage durable pour les générations futures et ouvrir la voie vers un avenir où l'homme et la nature cohabitent en harmonie.

Je vous remercie de votre attention et je suis impatient de discuter plus en détail de cette initiative avec vous et vos équipes. Que notre coopération soit fructueuse et porteuse de progrès pour nos pays et pour la planète toute entière. Merci.

(L'utilisation du nom de cette personnalité publique ne porte pas atteinte à la vie privée de la personne et n'est pas à caractère diffamatoire)

(Note: Ce discours est purement fictif et ne reflète pas des événements réels ou des positions politiques actuelles.)

Chapitre 7 – Annexe 1

Suite du discours potentiel de Vladimir Poutine en Suède, accompagné de son homologue suédois:

Vladimir Poutine: De plus, permettez-moi de vous parler brièvement de la cité HYPERBOREA, qui est en cours de conception en Russie. Cette cité vitrine du projet LE PAPILLON SOURCE incarne nos aspirations communes en matière de coopération, d'éducation et de préservation de l'environnement.

HYPERBOREA sera un lieu d'apprentissage unique où les meilleures pratiques en matière de développement durable seront mises en avant. Les étudiants et les chercheurs du monde entier pourront y venir pour partager leurs connaissances, collaborer sur des projets communs et trouver des solutions aux défis environnementaux auxquels nous sommes confrontés.

Imaginez un lieu où des esprits créatifs et passionnés de la Suède et de la Russie se réunissent pour échanger des idées novatrices, pour repousser les frontières de la science et pour développer des solutions pratiques qui bénéficieront à l'ensemble de l'humanité.

Je voudrais donc profiter de cette occasion pour inviter le peuple suédois, en particulier la jeunesse suédoise, à s'unir à la jeunesse russe dans cette entreprise commune. Ensemble, nous pouvons créer un réseau mondial de jeunes innovateurs et de chercheurs déterminés à façonner un avenir durable et prospère.

Le projet LE PAPILLON SOURCE repose sur la coopération intellectuelle sans précédent entre les pays participants. Chaque nation apporte son expertise et ses idées uniques, créant ainsi une synergie qui transcende les frontières et les différences culturelles. C'est cette diversité qui fait notre force et qui nous permet de développer des solutions efficaces et durables.

Chers amis suédois, je vous encourage à rejoindre cette aventure passionnante et à travailler main dans la main avec nous. Ensemble, nous pouvons transformer nos idées en actions concrètes et construire un monde meilleur pour les générations futures.

Au nom de la Russie, je vous offre notre pleine coopération et notre soutien dans cette entreprise commune. Je suis convaincu que nos deux pays, la Russie et la Suède, peuvent jouer un rôle clé dans la construction de cet avenir prometteur.

Merci de votre attention, et que cette rencontre marque le début d'une collaboration fructueuse et inspirante entre nos deux nations. Ensemble, nous pouvons faire la différence. Merci.

(L'utilisation du nom de cette personnalité publique ne porte pas atteinte à la vie privée de la personne et n'est pas à caractère diffamatoire)

(Note: Ce discours est purement fictif et ne reflète pas des événements réels ou des positions politiques actuelles.)

Chapitre 7 – Annexe 2

Fin du discours potentiel de Vladimir Poutine en Suède, accompagné de son homologue suédois:

Vladimir Poutine: Mesdames et Messieurs, je voudrais ajouter une précision importante concernant les services offerts au sein de la cité HYPERBOREA. Vous avez raison de souligner que les services proposés dans cette cité seront similaires à ceux offerts dans les cités ATLAS au Maroc et de NGOMPEM au Cameroun. Cependant, il est important de noter que chaque cité sera adaptée à son environnement spécifique.

Dans le cas de la cité HYPERBOREA, située en Russie, nous mettons l'accent sur les solutions adaptées aux conditions climatiques rigoureuses de Sibérie. Nous développerons des technologies propres et des infrastructures permettant de faire face aux hivers froids et aux défis environnementaux inhérents à cette région.

Par exemple, nous nous concentrons sur des techniques de végétalisation adaptées à des températures extrêmes, la création de systèmes d'agriculture horizontale et verticale pour maximiser l'utilisation de l'espace, ainsi que des solutions d'énergie renouvelable.

Cependant, les services fondamentaux offerts dans ces cités seront les mêmes. Nous encourageons la coopération intellectuelle, l'éducation, la recherche scientifique, ainsi que la promotion de la durabilité et de la préservation de l'environnement. Les cités du projet LE PAPILLON SOURCE sont des centres d'apprentissage et d'innovation où les visiteurs peuvent acquérir des connaissances, partager des idées et collaborer à la construction d'un avenir meilleur.

Chaque cité est une pièce du puzzle dans notre quête commune de changement systémique, de développement durable et de coopération mondiale. Elles fonctionnent en synergie, échangeant des connaissances et des bonnes pratiques pour promouvoir des solutions innovantes et adaptées à chaque contexte.

Nous reconnaissons la richesse des expériences et des savoirs issus de chaque pays participant. C'est grâce à cette diversité que nous pouvons réellement transformer nos sociétés et créer un avenir prometteur pour tous.

Alors que nous nous tournons vers l'avenir, je souhaite que les pays participants puissent partager leurs expertises respectives, s'inspirer mutuellement et travailler de concert pour faire progresser nos objectifs communs. Ensemble, nous pouvons construire un réseau mondial d'échange et d'apprentissage, où chaque pays apporte sa contribution unique à la réalisation du projet LE PAPILLON SOURCE.

Merci de votre attention et de votre engagement envers cette vision commune. Travaillons main dans la main pour un avenir durable et prospère.

(L'utilisation du nom de cette personnalité publique ne porte pas atteinte à la vie privée de la personne et n'est pas à caractère diffamatoire)

(Note: Ce discours est purement fictif et ne reflète pas des événements réels ou des positions politiques actuelles.)

Chapitre 8 – La coopération artistique transnationale

Il était une fois, dans l'ère de la connectivité mondiale, une série d'événements artistiques en ligne qui firent vibrer les cœurs et les esprits de personnes résidant dans tous les coins du globe. Organisés par le programme EL4DEV, ces événements avaient pour objectif de conceptualiser collectivement plusieurs cités touristiques agroclimatiques labellisées LE PAPILLON SOURCE.

Des individus de différents horizons, de toutes nationalités et cultures, se réunissaient virtuellement pour participer à cette aventure créative. Les frontières géographiques étaient effacées, laissant place à une collaboration artistique et intellectuelle sans précédent. Les participants apportaient leurs idées, leurs visions et leurs talents, formant ainsi une mosaïque d'expressions uniques.

À travers des séances de brainstorming en ligne, des discussions passionnées et des partages d'inspirations, ces artistes virtuels concevaient des représentations conceptuelles des cités touristiques agroclimatiques du projet LE PAPILLON SOURCE. Les peintres, les illustrateurs, les designers graphiques, les architectes, et bien d'autres encore, mettaient en commun leurs compétences et leur créativité pour donner vie à ces visions communes.

Ces représentations conceptuelles servaient de base pour le travail des ingénieurs, des architectes et des spécialistes de différents domaines. Elles offraient une vision artistique et esthétique de ce que pourraient être ces cités. Les idées les plus audacieuses se matérialisaient sur les toiles virtuelles, mêlant nature et technologie, harmonie et durabilité, pour créer des espaces à la fois fonctionnels et inspirants.

Ces travaux conceptuels étaient ensuite partagés lors d'événements de coopération intellectuelle organisés par le programme EL4DEV. Des experts, des chercheurs, des innovateurs du monde entier se réunissaient pour explorer les possibilités offertes par ces représentations artistiques. Ils utilisaient ces visions pour nourrir leurs réflexions, leurs calculs et leurs expérimentations, afin de donner forme aux plans concrets des cités.

Cette fusion entre l'art et la science, entre la créativité et la rationalité, donnait naissance à des solutions innovantes et durables. Les idées issues des esprits des artistes étaient transcendées et traduites en réalité tangible. Les cités touristiques agroclimatiques labellisées LE PAPILLON SOURCE prenaient forme petit à petit, grâce à l'implication et à la contribution de chacun.

Au fil du temps, ces cités devinrent de véritables joyaux architecturaux, des symboles de coopération internationale et de préservation de l'environnement. Les travaux des artistes, des ingénieurs et des spécialistes de toutes les disciplines se matérialisèrent dans des infrastructures respectueuses de la nature, des espaces d'éducation et d'innovation, des lieux de rencontre et de célébration de la diversité culturelle.

Grâce à l'engagement collectif et à la puissance de l'imagination humaine, les cités touristiques agroclimatiques labellisées LE PAPILLON SOURCE devinrent des témoignages vivants de ce que nous pouvons accomplir lorsque nous unissons nos forces pour un objectif commun.

Et ainsi, le monde découvrit que la créativité, l'art et la coopération intellectuelle pouvaient être des catalyseurs puissants pour transformer notre réalité et construire un avenir harmonieux et durable pour tous.

Chapitre 9 – Réunion des officiels internationaux en Ethiopie

Lieu: Addis-Abeba, Éthiopie Date: [Date] Discours lors de la réunion des officiels internationaux pour le projet LE PAPILLON SOURCE

[Applaudissements]

Vladimir Poutine: Honorables invités, mesdames et messieurs, je suis ravi de me trouver ici aujourd'hui, en Éthiopie, pour cette réunion exceptionnelle consacrée au projet LE PAPILLON SOURCE. Permettez-moi tout d'abord de remercier chaleureusement nos hôtes éthiopiens pour leur hospitalité et leur soutien à cette initiative mondiale.

Donald Trump: Absolument, Vladimir. Nous sommes ravis d'être ici et de participer à ce rassemblement historique. Le projet LE PAPILLON SOURCE représente une opportunité unique de reconfigurer les relations internationales pour le bien-être de tous les peuples.

Vladimir Poutine: En effet, Donald. Il est temps de reconnaître que les défis auxquels nous sommes confrontés aujourd'hui nécessitent une approche novatrice. Nous devons nous ajuster aux effets d'une nouvelle mondialisation sociétale et faire évoluer notre rôle en tant que dirigeants vers celui de guides positifs et gardiens des valeurs sociétales.

[Applaudissements]

Vladimir Poutine: Les cités labellisées LE PAPILLON SOURCE, telles que la cité HYPERBOREA en Russie, la cité ATLAS au Maroc, la cité de NGOMPEM au Cameroun, la Nouvelle Atlantide en France et la cité HELIOS en Grèce, représentent des outils diplomatiques puissants pour ce nouveau mouvement de pensée transnational.

Donald Trump: Ces cités multifonctionnelles jouent un rôle essentiel dans la promotion de l'éducation, de la coopération intellectuelle et artistique, et de la conceptualisation collective de nouvelles cités agroclimatiques. Elles offrent une plateforme où des individus de différents pays peuvent se réunir et développer des solutions pour un avenir meilleur.

[Applaudissements]

Vladimir Poutine: Par exemple, le plan d'action diplomatique transméditerranéen, dont fait partie le consortium sociétal "Le Papillon Source Méditerranée", vise à mettre en place des initiatives positives et des procédés efficaces en faveur de l'export et de la promotion d'une nouvelle culture philosophique méditerranéenne.

Donald Trump: Nous devons également souligner l'importance de la coopération entre les différentes régions du monde. Le projet LE PAPILLON SOURCE prévoit d'étendre ce modèle de développement sociétal à d'autres espaces géoéconomiques tels que l'Union Sociétale Africaine, l'Union Sociétale Européenne, et bien d'autres encore.

[Applaudissements]

Vladimir Poutine: Mesdames et messieurs, le temps est venu de montrer au monde entier que la coopération, l'éducation et la cocréation peuvent façonner un avenir meilleur pour tous. Les cités labellisées LE PAPILLON SOURCE, les événements de coopération intellectuelle et artistique organisés par le programme EL4DEV, et le processus de changement sociétal EL4DEV lui-même sont des éléments clés de cette transformation.

Donald Trump: Je suis convaincu que la jeunesse du monde entier est prête à relever ce défi. Nous appelons tous les jeunes, qu'ils soient russes, américains, éthiopiens ou de toute autre nation, à se joindre à nous pour cocréer le monde de demain, un monde basé sur la coopération, le respect mutuel et la recherche d'une paix globale.

[Applaudissements]

Vladimir Poutine: Mesdames et messieurs, nous sommes à l'aube d'une nouvelle période de "Renaissance" mondiale. Un avenir prometteur nous attend si nous sommes prêts à repenser nos relations internationales et à embrasser ce nouveau mouvement de pensée. Ensemble, nous pouvons faire de notre monde un endroit meilleur pour les générations futures.

[Applaudissements]

Journaliste 1: Monsieur Poutine, Monsieur Trump, les plans diplomatiques que vous avez présentés sont ambitieux et impliquent une reconfiguration profonde des relations internationales. Êtes-vous prêts, en tant que dirigeants des États-Unis et de la Russie, à entrer dans ce nouvel ordre mondial géopolitique à l'architecture distribuée ?

Vladimir Poutine: Je crois fermement en la nécessité d'un tel changement. Nous sommes prêts à nous engager dans ce nouvel ordre mondial géopolitique basé sur la coopération et la cocréation. La cité HYPERBOREA en Russie est une preuve de notre volonté de mettre en pratique ces idées novatrices. Nous invitons tous les pays à se joindre à nous dans cette transformation sociétale majeure.

Donald Trump: Je suis d'accord avec Monsieur Poutine. Les États-Unis sont également prêts à jouer un rôle actif dans ce nouvel ordre mondial. Nous comprenons que les défis auxquels nous sommes confrontés aujourd'hui nécessitent une approche collective et inclusive. La cité HYPERBOREA est un exemple concret de notre engagement envers cette architecture distribuée et nous sommes ouverts à la coopération avec d'autres pays pour réaliser cette vision commune.

Journaliste 2: Certains pourraient craindre que ce changement de paradigme diplomatique compromette la souveraineté nationale. Comment répondez-vous à ces préoccupations ?

Vladimir Poutine: Je comprends ces inquiétudes, mais je tiens à souligner que le projet LE PAPILLON SOURCE n'a pas pour but de limiter la souveraineté nationale, mais plutôt de créer de nouvelles opportunités pour les nations de travailler ensemble et de partager des connaissances. Nous considérons cela comme une évolution positive qui favorisera la prospérité et la stabilité à l'échelle mondiale.

Donald Trump: Exactement. Ce nouvel ordre mondial n'est pas une tentative de supprimer la souveraineté nationale, mais plutôt une invitation à repenser notre façon de coopérer et de relever les défis communs. Nous devons trouver un équilibre entre l'autonomie nationale et la coopération internationale, et je suis convaincu que cela est possible dans ce nouveau cadre diplomatique.

Journaliste 3: Comment envisagez-vous la participation des autres pays à ce mouvement de pensée transnational ? Quels mécanismes seront mis en place pour garantir une représentation équitable et une collaboration effective ?

Vladimir Poutine: Nous sommes déterminés à garantir une participation ouverte et équitable de tous les pays. Nous croyons en la diversité des perspectives et des contributions. Des mécanismes tels que les événements de coopération intellectuelle et artistique organisés par le programme EL4DEV fourniront une plateforme pour la collaboration et le partage d'idées. Nous invitons tous les pays intéressés à s'impliquer activement dans ce mouvement de pensée transnational.

Donald Trump: La représentation équitable est un aspect essentiel de ce projet. Nous veillerons à ce que les voix de tous les pays soient entendues et prises en compte dans le processus de prise de décision. La coopération effective sera soutenue par des systèmes d'information avancés et des mécanismes de communication transparents. Nous sommes déterminés à construire un nouveau modèle de développement sociétal qui profite à tous les peuples du monde.

Fin de la conférence de presse.

(L'utilisation des noms de ces personnalités publiques ne porte pas atteinte à la vie privée des personnes et n'est pas à caractère diffamatoire)

(Note: Ce discours est purement fictif et ne reflète pas des événements réels ou des positions politiques actuelles.)

Chapitre 10 – Le journal télévisé russe

Journaliste : Bonsoir à tous, chers téléspectateurs. Aujourd'hui, je souhaite partager avec vous des informations passionnantes concernant les projets de développement des cités "LE PAPILLON SOURCE INNER EUROPE" et l'approche novatrice du programme EL4DEV. Ces projets suscitent un vif intérêt dans le monde entier et ont un impact positif sur les dynamiques territoriales.

Les cités " LE PAPILLON SOURCE INNER EUROPE " sont des initiatives qui visent à créer des opportunités de progrès dans les régions et les pays où elles sont implantées. Elles reposent sur une philosophie solide, définie par six piliers stratégiques : l'innovation véritable, la valeur ajoutée et la pérennité, l'autonomisation des individus, les avantages pour les régions et les pays, l'éducation alternative massive et participative, ainsi que la transparence et la mesure en temps réel des performances.

Ces projets se distinguent par leur caractère innovant et leur approche coopérative, impliquant de nombreux acteurs au-delà des frontières traditionnelles. Les cités sont conçues comme des outils d'éducation massive, permettant d'impulser des dynamiques positives dans les territoires où elles sont implantées, tout en favorisant les synergies transnationales.

Ce qui est remarquable, c'est que ces cités peuvent être adaptées à d'autres régions du monde présentant des caractéristiques similaires, créant ainsi un modèle reproductible. Leur fonctionnement est régi par des règles strictes garantissant la qualité et la transparence des processus.

Le programme EL4DEV utilise le BIG SMART DATA pour mesurer et évaluer les progrès réalisés dans chaque pays. Grâce à cette approche, il est possible de quantifier et de représenter spatialement les dynamiques de progrès initiées par les acteurs socio-économiques locaux. Les interactions et les synergies sont modélisées, permettant ainsi de suivre en temps réel la valeur ajoutée et la satisfaction ressentie par les cocréateurs.

Ces indicateurs fournissent des informations objectives sur les avancées réalisées, permettant de cartographier et de représenter de manière claire et précise l'évolution des dynamiques socio-économiques.

En conclusion, les cités " LE PAPILLON SOURCE INNER EUROPE " et le programme EL4DEV représentent une approche novatrice du développement territorial, visant à créer des opportunités de progrès et à favoriser l'autonomisation des individus. Ces initiatives ont un impact positif à l'échelle mondiale et nous pouvons être fiers de leur contribution au rayonnement de notre nation.

Journaliste : Mes chers concitoyens, permettez-moi de vous présenter une cité qui suscite un grand intérêt dans le cadre des projets "LE PAPILLON SOURCE". Il s'agit de la cité HYPERBOREA, un exemple concret de cette approche novatrice de développement territorial.

La cité HYPERBOREA, labellisée " LE PAPILLON SOURCE ", incarne les valeurs et les objectifs du programme EL4DEV. Elle offre un environnement propice à l'éducation alternative massive et participative, favorisant ainsi l'autonomisation des individus et la création de dynamiques territoriales positives.

L'un des éléments clés de cette cité est sa capacité à fournir des bases solides pour le travail d'ingénieurs, d'architectes, de spécialistes en tous genres. Les représentations conceptuelles développées lors des événements de coopération artistique en ligne, organisés par le programme EL4DEV, servent de fondements pour la réalisation concrète des projets.

La cité HYPERBOREA est un exemple remarquable de la manière dont l'innovation véritable, la valeur ajoutée et la pérennité peuvent se combiner pour créer un environnement favorable au progrès. Elle illustre également l'importance de la transparence et de la mesure en temps réel des performances, des aspects fondamentaux de la philosophie du programme EL4DEV.

Ces projets ne se limitent pas à un seul pays ou à une seule région, mais visent à créer un mouvement global de pensée et de coopération intellectuelle. Les cités "LE PAPILLON SOURCE", dont fait partie HYPERBOREA, jouent un rôle essentiel dans la promotion d'une nouvelle culture philosophique et sociétale.

Ainsi, mes chers concitoyens, je vous invite à vous familiariser davantage avec la cité HYPERBOREA et à en apprendre davantage sur les opportunités qu'elle offre. Elle représente un pas important vers un nouvel ordre mondial géopolitique à l'architecture distribuée, dans lequel notre pays, tout comme la France, les États-Unis et beaucoup d'autres nations, peut jouer un rôle majeur.

Restons ouverts à l'innovation, à la coopération transnationale et à l'éducation alternative massive. Ensemble, nous pouvons contribuer à la construction d'un avenir meilleur pour notre nation et pour le monde entier.

Je vous remercie de votre attention et vous souhaite une excellente soirée.

(Note: Ce discours est purement fictif et ne reflète pas des événements réels ou des positions politiques actuelles.)

Chapitre 11 – HYPERBOREA – Prose 1

Au-delà des horizons lointains, là où les rêves prennent forme, se dresse majestueusement la cité HYPERBOREA. Un joyau parmi les cités, un foyer d'innovation et de progrès où les esprits s'élèvent et où les idées prennent leur envol.

Située au cœur des projets "LE PAPILLON SOURCE", HYPERBOREA incarne l'esprit audacieux du programme EL4DEV. Dans cette cité visionnaire, l'architecture rencontre l'art, la nature s'entrelace avec la technologie, et les limites sont constamment repoussées.

Dans les ruelles animées, les échos des discussions passionnées se mêlent au murmure du vent. Des artistes, des scientifiques, des penseurs et des rêveurs se rassemblent, partageant leurs connaissances, leurs idées et leur passion commune pour un avenir meilleur.

Les murs de HYPERBOREA sont imprégnés de concept art, de représentations conceptuelles nées des esprits créatifs qui ont participé aux événements de coopération artistique en ligne. Ces œuvres servent de fondations solides pour les ingénieurs, les architectes et les spécialistes de tous horizons, leur fournissant une inspiration infinie pour donner vie à des projets extraordinaires.

Au cœur de cette cité, l'éducation alternative massive et participative est une force motrice. L'apprentissage se libère des limites traditionnelles, les individus sont autonomisés, et l'innovation devient le socle sur lequel repose chaque initiative.

Chaque pas en avant est accompagné par la transparence et la mesure en temps réel des performances, permettant ainsi de tracer un chemin vers un avenir radieux.

HYPERBOREA ne se contente pas d'être une cité isolée, elle est un phare qui guide d'autres cités dans le monde entier vers une nouvelle ère de coopération intellectuelle et artistique. Elle inspire, elle éduque, elle transcende les frontières, offrant ses enseignements précieux à ceux qui aspirent à un changement positif.

Et dans l'ombre des murs de HYPERBOREA, se dessine le contour d'un nouvel ordre mondial géopolitique à l'architecture distribuée. Un ordre où les nations, les cultures et les idées se réunissent, où les frontières s'estompent et où la coopération transnationale devient la pierre angulaire du progrès.

HYPERBOREA est bien plus qu'une cité, elle est une promesse. Une promesse d'un avenir où les idéaux humanistes, l'innovation et la collaboration guident nos actions. Une promesse de voir nos rêves les plus audacieux prendre forme et se réaliser.

Que les vents portent les murmures de HYPERBOREA vers les cœurs de ceux qui cherchent la lumière, et que son influence se répande à travers le monde, éclairant le chemin vers une société plus éclairée et harmonieuse.

HYPERBOREA, la cité des possibles, où les rêves deviennent réalité et où l'avenir se façonne.

Chapitre 12 – HYPERBOREA – Prose 2

Au cœur d'un paysage enchanteur, nichée entre les collines verdoyantes, se dresse majestueusement la cité HYPERBOREA. Tel un joyau scintillant dans la vaste étendue, cette cité labellisée "LE PAPILLON SOURCE" émerge comme une vision d'avenir, un symbole de progrès et d'innovation.

HYPERBOREA, c'est bien plus qu'une simple cité. C'est un élan vers l'excellence, un refuge pour les esprits créatifs et les visionnaires. Les rues sinueuses et les places animées vibrent d'une énergie contagieuse, tandis que les bâtiments futuristes se dressent comme des sentinelles de l'ingéniosité humaine.

Ici, l'éducation alternative trouve sa place, nourrissant les esprits avides de savoir et de découverte. Les murs des institutions scolaires résonnent des rires des étudiants et des discussions animées. Chacun est encouragé à explorer, à remettre en question les normes établies, à repousser les frontières du savoir.

Les artistes trouvent ici une toile vierge pour donner vie à leurs rêves les plus audacieux. Les rues se parent d'œuvres d'art éblouissantes, les galeries se font les gardiennes de l'expression créative. La musique, le théâtre et les performances artistiques se mêlent dans un kaléidoscope enivrant de cultures et de talents.

HYPERBOREA est également le foyer des esprits brillants de l'innovation. Les laboratoires bruissent d'activité, où des scientifiques dévoués et des inventeurs passionnés repoussent les limites de la connaissance. Les avancées technologiques émergent de ces murs, apportant des solutions ingénieuses aux défis qui se présentent.

Mais HYPERBOREA est bien plus qu'un centre d'excellence académique et technologique. C'est un lieu de rencontres, de partage et de coopération. Les citoyens de cette cité cosmopolite proviennent des horizons les plus divers, apportant avec eux leur richesse culturelle et leurs expériences uniques. Les conversations se tissent autour d'un café, les idées s'échangent dans des discussions passionnées, et les liens se tissent dans une harmonie de diversité.

Dans cette cité, les principes de transparence, de mesure en temps réel des performances et de valorisation de chaque individu sont honorés. Les actions sont guidées par une quête commune de progrès sociétal, où le bien-être des habitants et l'épanouissement de la communauté sont placés au cœur de chaque décision.

HYPERBOREA est un phare qui éclaire la voie vers un nouveau monde, un monde où la coopération transcende les frontières géographiques et les barrières culturelles. C'est une ode à l'audace, à la créativité et à l'aspiration à un avenir meilleur.

Que le monde puisse s'inspirer de la cité HYPERBOREA, qu'il embrasse la vision d'une société fondée sur la connaissance, l'innovation et la coopération. Ensemble, nous pouvons bâtir un monde où chaque individu est élevé, où chaque idée est valorisée, et où les frontières entre les nations sont effacées pour laisser place à une humanité unie.

HYPERBOREA nous rappelle que l'avenir est entre nos mains, que nous sommes les architectes de notre destin. Alors, levons les yeux vers cette cité resplendissante et laissons-nous guider par son exemple.

Chapitre 13 – HYPERBOREA – Prose 3

Dans les confins d'une contrée lointaine, nichée au cœur d'une vallée verdoyante, se dresse majestueusement la cité HYPERBOREA. Tel un joyau scintillant dans l'écrin de la nature, cette cité labellisée "LE PAPILLON SOURCE" éveille l'imagination et suscite l'émerveillement de tous ceux qui la contemplent.

HYPERBOREA, c'est bien plus qu'une simple cité. C'est un symbole de progrès, un havre où se mêlent l'art, la science, la créativité et la coopération intellectuelle. À travers ses chemins et ses dômes animées, on ressent l'énergie bouillonnante des idées et des projets qui se déploient.

Les bâtiments aux lignes audacieuses et harmonieuses s'élèvent vers le ciel, témoignant de l'ingéniosité et de la vision des architectes qui ont façonné cette merveille architecturale. Chaque recoin de la cité est pensé avec soin, alliant esthétisme et fonctionnalité dans une danse parfaite.

Mais HYPERBOREA ne se limite pas à sa splendeur visuelle. C'est un lieu où les esprits s'éveillent, où les idées fleurissent et où la coopération transcende les frontières. Les événements de coopération artistique organisés en ligne par le programme EL4DEV ont vu naître des œuvres d'art conceptuelles qui servent de fondements aux projets concrets qui se concrétisent.

Ici, l'éducation alternative massive et participative est une priorité. Les citoyens de HYPERBOREA sont encouragés à explorer, à expérimenter et à repousser les limites de la connaissance. Les ingénieurs, les architectes, les scientifiques et les créatifs se mêlent dans un tourbillon d'idées novatrices, alimentant ainsi le moteur du progrès.

HYPERBOREA est le reflet d'un monde nouveau, où les valeurs sociétales prennent le pas sur les intérêts égoïstes. Elle incarne un mouvement de pensée transnational, où les nations se transcendent pour créer ensemble un avenir meilleur.

Chaque passage, chaque dôme, chaque infrastructure raconte une histoire. Ils témoignent de l'engagement des individus, des communautés et des nations à travailler de concert pour bâtir un monde plus équitable, plus durable et plus épanouissant.

Que l'on soit intervenant de HYPERBOREA ou visiteur émerveillé, cette cité nous rappelle que l'innovation, la coopération et la transparence sont les piliers d'un avenir prometteur. Elle nous invite à nous engager dans une quête collective, où l'harmonie entre l'homme et la nature guide nos pas.

HYPERBOREA, telle une flamme qui éclaire l'obscurité, brille comme un phare d'espoir dans un monde en constante évolution. Que sa lumière guide nos actions et inspire les générations futures à rêver en grand, à créer en grand et à unir leurs forces pour façonner un monde meilleur.

Chapitre 14 – Discours de Vladimir Poutine à la jeunesse russe

Chers jeunes citoyens de Russie,

Aujourd'hui, je m'adresse à vous, la jeunesse dynamique et ambitieuse de notre grande nation. Vous êtes l'avenir de la Russie, les héritiers d'une histoire glorieuse et les porteurs de rêves et d'aspirations sans limites. Je crois en votre potentiel, en votre capacité à façonner un avenir meilleur pour notre pays.

Le monde évolue à une vitesse vertigineuse, et il est impératif que nous adaptions nos approches et nos aspirations en conséquence. Il est essentiel que vous soyez non seulement des spectateurs de ce changement, mais également des acteurs engagés dans la construction d'une société plus prospère, plus inclusive et plus harmonieuse.

C'est pourquoi je souhaite vous présenter une opportunité sans précédent, une voie vers l'accomplissement personnel et la contribution significative à notre société : le projet du PAPILLON SOURCE et la conception et construction collective de la cité HYPERBOREA.

HYPERBOREA est bien plus qu'une simple cité, c'est un symbole de créativité, d'innovation et de coopération intellectuelle. Elle incarne notre vision d'un avenir où les valeurs sociétales sont placées au premier plan. Nous avons la possibilité de bâtir ensemble une communauté florissante, où les connaissances, les talents et les aspirations se rejoignent pour donner naissance à une société en constante évolution.

Ce projet, mes chers jeunes, vous offre une plateforme pour vous exprimer, pour donner libre cours à votre créativité et pour contribuer activement à la construction de notre nation. Vous aurez l'opportunité de travailler côte à côte avec des architectes, des ingénieurs, des scientifiques et des créatifs de divers horizons. Vous apprendrez les uns des autres, vous repousserez les frontières de l'innovation et vous créerez des liens durables avec des individus partageant les mêmes idéaux.

Participer à la conception et à la construction de HYPERBOREA, c'est bien plus qu'une simple expérience. C'est un engagement envers vous-mêmes, envers votre pays et envers un avenir meilleur. Vous développerez des compétences précieuses, vous forgerez des amitiés durables et vous contribuerez à la transformation de notre société.

Cette expérience vous ouvrira également les portes du monde. HYPERBOREA sera un point de convergence pour les esprits brillants du monde entier. Vous aurez l'opportunité de nouer des liens internationaux, d'apprendre de différentes cultures et de partager vos propres idées et perspectives.

Mes chers jeunes, je vous exhorte à saisir cette opportunité, à vous investir dans ce projet audacieux et à contribuer à la construction de HYPERBOREA. Vous avez le pouvoir de devenir des agents du changement, de façonner un avenir où l'harmonie entre l'homme et la nature, la créativité et la coopération sont au cœur de notre société.

Soyez fiers de vos talents, de vos aspirations et de votre héritage. Ensemble, nous pouvons bâtir une Russie forte, prospère et ouverte sur le monde. Engagez-vous dans le projet du PAPILLON SOURCE, rejoignez-nous dans la conception et la construction de HYPERBOREA, et ensemble, nous écrirons les pages d'une nouvelle ère de réussite et de progrès pour notre cher pays.

Je crois en vous, chers jeunes, et je suis impatient de voir les merveilles que vous créerez.

Que Dieu vous bénisse, que Dieu bénisse la Russie !

Спасибо вам большое! (Merci beaucoup !)

(L'utilisation du nom de cette personnalité publique ne porte pas atteinte à la vie privée de la personne et n'est pas à caractère diffamatoire)

(Note: Ce discours est purement fictif et ne reflète pas des événements réels ou des positions politiques actuelles.)

Chapitre 15 – Discours de Vladimir Poutine devant les B.R.I.C.S.

Mesdames et Messieurs,

C'est un honneur de me tenir devant vous aujourd'hui dans la magnifique ville de Rio de Janeiro, représentant la grande nation russe. Je suis ici pour partager avec vous une vision de progrès sociétal et une opportunité sans précédent de coopération entre les pays des BRICS à travers le projet LE PAPILLON SOURCE.

LE PAPILLON SOURCE incarne un nouveau paradigme de développement, mettant l'accent sur le bien-être des individus, l'autonomisation des communautés et l'intégration harmonieuse de l'activité humaine avec la nature. C'est une plateforme qui encourage la collaboration, l'innovation et la recherche de solutions durables aux défis auxquels nous sommes confrontés en tant que nations et en tant que communauté mondiale.

Aujourd'hui, j'adresse une invitation à nos collègues éminents des pays des BRICS à se joindre à nous, à saisir le potentiel du PAPILLON SOURCE et de la construction collective d'un avenir meilleur. Ensemble, nous avons l'opportunité de favoriser un niveau inédit de coopération intellectuelle, en partageant connaissances, expertises et ressources au bénéfice de nos nations respectives et du monde entier.

De plus, je propose que nous nous inspirions du concept novateur de la cité HYPERBOREA. Alors que nous nous embarquons dans ce voyage de transformation sociétale, envisageons de mettre en œuvre des dynamiques similaires dans nos propres pays. HYPERBOREA est un exemple éclatant de ce qui peut être accompli lorsque les esprits se réunissent, transcendant les frontières et les disciplines pour créer une communauté prospère fondée sur l'innovation, la transparence et des valeurs communes.

Mes chers collègues, je suis ravi de constater votre enthousiasme et votre intérêt marqués pour cette vision. Ensemble, nous pouvons tracer un chemin vers un avenir où le développement durable, le progrès social et la coopération intellectuelle sont les moteurs de notre succès collectif. Saisissons cette opportunité de collaborer, d'échanger des idées et de construire un héritage qui inspirera les générations futures.

Je vous invite à vous joindre à moi pour embrasser LE PAPILLON SOURCE en tant que catalyseur de changement, en tant que symbole de notre engagement envers un monde meilleur. Ensemble, nous pouvons créer un avenir où nos nations prospèrent, où nos peuples s'épanouissent et où les liens d'amitié et de coopération entre les pays des BRICS se renforcent chaque jour.

Je vous remercie de votre attention, et partons ensemble dans cette aventure transformative.

Спасибо вам большое ! (Merci beaucoup!)

(L'utilisation du nom de cette personnalité publique ne porte pas atteinte à la vie privée de la personne et n'est pas à caractère diffamatoire)

(Note: Ce discours est purement fictif et ne reflète pas des événements réels ou des positions politiques actuelles.)

Chapitre 16 – Discours de Donald Trump au peuple américain

C'est une nouvelle extraordinaire que je suis ravi de partager avec vous aujourd'hui. Le projet du PAPILLON SOURCE a captivé l'attention du peuple américain, et je suis fier d'annoncer que les États-Unis rejoignent cette initiative avec un enthousiasme débordant.

En adoptant LE PAPILLON SOURCE, nous ouvrons la voie à une collaboration historique entre les États-Unis et la Russie. Ensemble, nous allons concevoir et construire des cités et des complexes végétaux agroclimatiques labellisés LE PAPILLON SOURCE, marquant ainsi le début d'une ère de coopération inédite dans notre histoire.

Le peuple américain est rempli d'excitation et de joie à cette idée. Nous reconnaissons le potentiel de ce projet pour transformer notre société, créer des emplois, promouvoir le développement durable et offrir de nouvelles opportunités à nos citoyens. LE PAPILLON SOURCE est une vision audacieuse et novatrice qui répond aux aspirations profondes de notre nation.

De plus, je suis ravi de voir que d'autres nations partagent notre enthousiasme et se joignent à ce mouvement. Le Mexique, avec sa riche culture et son patrimoine exceptionnel, a rapidement compris l'importance de cette nouvelle dynamique et a décidé de rejoindre le projet. Cela marque un pas de géant vers une coopération internationale renforcée, où les frontières nationales ne sont pas des barrières, mais des ponts vers un avenir meilleur.

En unissant nos forces, nous pourrons créer des environnements prospères, respectueux de l'environnement et tournés vers l'avenir. Les cités et complexes végétaux agroclimatiques labellisés LE PAPILLON SOURCE deviendront des exemples de développement durable, d'innovation technologique et de coopération internationale fructueuse.

Je suis profondément honoré d'être témoin de cette évolution, où des nations se rassemblent autour d'une vision commune pour façonner un avenir meilleur pour tous. Ensemble, nous ouvrons la voie à une ère de progrès, de collaboration et de développement durable.

Au nom du peuple américain, je tiens à exprimer ma gratitude envers tous ceux qui ont contribué à faire de cette vision une réalité. Ensemble, nous pouvons bâtir un monde où la coopération transcende les différences et où les générations futures bénéficient de notre engagement commun envers le progrès.

Je vous remercie et que Dieu bénisse nos nations et notre partenariat florissant.

(L'utilisation du nom de cette personnalité publique ne porte pas atteinte à la vie privée de la personne et n'est pas à caractère diffamatoire)

(Note: Ce discours est purement fictif et ne reflète pas des événements réels ou des positions politiques actuelles.)

Chapitre 17 – La cité légendaire - Conte

Il était une fois, dans un monde lointain, une cité légendaire nommée HYPERBOREA. Située au cœur d'une vallée enchantée, cette cité était réputée pour sa beauté et sa magie. Les visiteurs d' HYPERBOREA résidaient en harmonie avec la nature et les éléments qui les entouraient. Ils savaient que la clé de leur bonheur résidait dans leur relation étroite avec la terre et le cosmos.

HYPERBOREA était un endroit unique, où l'architecture se mêlait harmonieusement à la nature luxuriante. Les bâtiments étaient construits en matériaux durables et respectueux de l'environnement, utilisant les ressources naturelles de manière responsable. Les jardins suspendus, les cascades cristallines et les chemins sinueux créaient un paysage enchanteur, invitant les habitants à se connecter profondément avec la nature qui les entourait.

Mais ce qui rendait HYPERBOREA encore plus extraordinaire, c'était son public. Les visiteurs d' HYPERBOREA étaient animés par un esprit de coopération et de partage. Ils croyaient en la puissance de l'éducation et de la connaissance pour transformer leur société. Ainsi, ils avaient créé un système éducatif unique, axé sur l'apprentissage participatif et l'éducation alternative massive.

Dans cette cité, les enfants étaient encouragés à développer leur créativité, leur curiosité et leur esprit critique. Ils étaient guidés par des enseignants passionnés et bienveillants, qui les inspiraient à explorer le monde qui les entourait. Les jeunes d'

HYPERBOREA étaient élevés dans un environnement qui les valorisait en tant qu'individus et leur donnait les outils nécessaires pour contribuer positivement à la société.

Mais HYPERBOREA n'était pas seulement un lieu de développement personnel et éducatif. C'était également un centre d'innovation et de recherche. Les esprits les plus brillants du monde entier se rassemblaient à HYPERBOREA pour partager leurs connaissances, leurs idées et leurs expériences. Les chercheurs, les inventeurs et les artistes trouvaient en cette cité un terreau fertile pour leurs explorations et leurs créations.

Au fil du temps, HYPERBOREA était devenue une source d'inspiration pour de nombreuses nations. Les dirigeants du monde entier venaient visiter cette cité extraordinaire et s'inspiraient de son modèle de développement durable et de coopération internationale. Ils comprenaient que la clé du progrès résidait dans la collaboration, l'échange d'idées et la préservation de l'environnement.

Ainsi, HYPERBOREA devint le symbole d'une nouvelle ère de paix, de prospérité et de respect mutuel entre les nations. Les cités similaires commencèrent à émerger dans différents coins du globe, toutes inspirées par le modèle d' HYPERBOREA. Ces cités devinrent des oasis de sagesse, de beauté et de développement durable, offrant un avenir prometteur pour les générations futures.

Et ainsi, le conte d' HYPERBOREA se répandit à travers les contrées, portant avec lui un message d'espoir et de transformation. Les enfants rêvaient de visiter cette cité magique, les chercheurs cherchaient à s'en inspirer, et les dirigeants s'efforçaient de créer des liens plus forts entre leurs nations.

HYPERBOREA était bien plus qu'une simple cité, c'était une idée, un idéal vers lequel les peuples aspiraient. C'était une vision d'un monde où l'humanité vivait en harmonie avec la nature, se respectait mutuellement et travaillait ensemble pour un avenir meilleur.

Et ainsi, l'histoire d' HYPERBOREA continua de se déployer, portée par la magie de ses habitants et la force de leur détermination à façonner un monde où la beauté, la sagesse et la coopération régnaient en maîtres.

Chapitre 18 – L'article de presse française

LE PAPILLON SOURCE et la Cité HYPERBOREA : Une alliance pour un avenir durable en Russie

Découvrez le projet visionnaire qui redéfinit les paradigmes de développement urbain et environnemental.

Par : François Larris

Date de publication : 20 Mai 2023

Dans un monde où la prise de conscience environnementale est devenue primordiale, un projet novateur émerge en Russie, suscitant l'admiration et l'espoir : LE PAPILLON SOURCE et la Cité HYPERBOREA. Cette initiative audacieuse repousse les limites de l'urbanisme traditionnel et propose une vision révolutionnaire pour façonner un avenir durable.

LE PAPILLON SOURCE, porteur d'un message de transformation sociétale, est un programme ambitieux qui vise à créer des dynamiques territoriales positives et à encourager l'autonomisation des individus. S'appuyant sur six piliers stratégiques, tels que l'innovation, la pérennité et l'éducation alternative massive, il propose un modèle inédit de développement, axé sur la coopération et la transparence.

Au cœur de ce projet visionnaire se trouve la Cité HYPERBOREA, une merveille architecturale nichée dans un paysage idyllique. Cette cité, conçue en harmonie avec la nature, incarne les valeurs fondamentales du PAPILLON SOURCE. Les bâtiments durables et respectueux de l'environnement se fondent parfaitement dans le paysage, tandis que les jardins suspendus et les cours d'eau cristallins créent une atmosphère enchanteresse.

Mais la Cité HYPERBOREA ne se limite pas à son esthétique captivante. Elle représente un laboratoire d'idées, un centre d'innovation et de recherche où les esprits brillants se rassemblent pour repousser les frontières de la connaissance. Les enseignants passionnés guident les jeunes générations vers un apprentissage participatif, encourageant la créativité et la curiosité. C'est ainsi que la cité inspire les individus à devenir des acteurs du changement et à contribuer positivement à la société.

Le succès du PAPILLON SOURCE et de la Cité HYPERBOREA ne se limite pas à leurs frontières. Ces initiatives ont rapidement suscité l'enthousiasme et l'admiration à travers le monde. Des dirigeants de différents pays, tels que les États-Unis et le Mexique, ont exprimé leur volonté de rejoindre ce mouvement pour un avenir durable. Cela témoigne de l'influence croissante de ce projet révolutionnaire, qui inspire les nations à repenser leurs modèles de développement.

En Russie, le soutien populaire à l'égard du PAPILLON SOURCE et de la Cité HYPERBOREA ne cesse de croître. Les citoyens sont enthousiasmés par la possibilité de participer à la création d'une société respectueuse de l'environnement, éducatrice et tournée vers l'avenir. Ce projet offre une véritable opportunité de transformation, où chacun peut contribuer à un monde meilleur.

LE PAPILLON SOURCE et la Cité HYPERBOREA incarnent l'audace et la volonté de repousser les limites de l'architecture, de l'éducation et de la durabilité. Ils témoignent de la capacité de l'humanité à se réinventer et à créer un avenir où l'harmonie entre l'homme et la nature est une réalité tangible.

Alors que le monde fait face à des défis environnementaux de plus en plus pressants, LE PAPILLON SOURCE et la Cité HYPERBOREA nous rappellent que des solutions innovantes et inspirantes sont à portée de main. Ils nous invitent à nous unir, à imaginer ensemble un monde meilleur et à travailler activement pour le réaliser.

LE PAPILLON SOURCE et la Cité HYPERBOREA sont le symbole d'une vision audacieuse qui suscite l'admiration et l'espoir. Ils nous rappellent que chaque geste compte et que nous avons tous un rôle à jouer pour façonner l'avenir de notre planète.

Chapitre 19 – Le voyageur du futur

Dans un récit fantastique qui transcende les frontières du temps, un homme mystérieux est revenu du futur pour partager son incroyable expérience avec une jeune femme russe. Alors qu'ils s'assoient dans un parc tranquille, il commence à décrire un monde éblouissant qui évolue au-delà de leur imagination.

L'homme du futur raconte comment, dans son époque, de magnifiques cités touristiques agroclimatiques se sont multipliées aux quatre coins du globe. Inspirées par la vision de la cité HYPERBOREA, ces villes sont devenues de véritables oasis durables, où l'harmonie entre l'homme et la nature est une réalité tangible.

Il décrit des complexes végétaux agroclimatiques autogérés, où les communautés ont embrassé des modes de vie respectueux de l'environnement. Ces complexes sont de véritables chefs-d'œuvre d'ingénierie écologique, combinant des technologies de pointe avec une approche holistique de l'agriculture et de l'aménagement du territoire. Les habitants cultivent leurs propres aliments, recueillent l'eau atmosphérique et produisent leur propre énergie renouvelable.

Le voyageur du futur décrit comment ces cités et complexes sont nés d'une collaboration mondiale sans précédent. Les nations ont uni leurs forces pour partager leurs connaissances, leurs ressources et leur expertise, repoussant les limites de l'innovation et de la durabilité. Des scientifiques, des architectes, des ingénieurs et des citoyens se sont rassemblés pour concevoir et construire collectivement ces merveilles.

Il raconte comment ces cités ont attiré des touristes du monde entier, désireux de découvrir ces havres écologiques et de s'inspirer de leur approche visionnaire. Les visiteurs ont été émerveillés par la beauté des jardins luxuriants, des bâtiments éco-responsables et des systèmes de transport durables. Ils ont pu se plonger dans des expériences éducatives uniques, où l'apprentissage interactif et la sensibilisation à l'environnement étaient au cœur de chaque activité.

Au fur et à mesure que le récit se déroule, la jeune femme écoute avec fascination, captivée par cette vision d'un avenir meilleur. Elle se prend à rêver d'un monde où l'humanité travaille main dans la main pour préserver la planète, où chaque individu a un rôle à jouer dans la création d'un avenir durable.

L'homme du futur termine son récit en encourageant la jeune femme à devenir une actrice du changement, à embrasser les idéaux de la cité HYPERBOREA et à partager cette vision avec les autres. Il lui dit que même un petit geste peut avoir un impact considérable et que c'est grâce à la collaboration et à l'engagement collectif que l'humanité peut façonner un avenir prometteur.

La jeune femme reste silencieuse un instant, absorbant toutes ces paroles inspirantes. Son regard est rempli d'espoir et de détermination. Elle sait désormais qu'elle a un rôle à jouer dans la construction de ce futur radieux, et elle est prête à relever le défi.

Et ainsi, l'histoire se termine avec la promesse d'un avenir où les cités agroclimatiques et les complexes végétaux autogérés fleurissent à travers le monde, témoignant de la capacité de l'humanité à se réinventer et à préserver notre planète pour les générations futures.

Chapitre 20 – Les maires du transsibérien

Il était une fois, dans les vastes contrées de la Russie, un groupe de maires visionnaires et déterminés à améliorer la vie de leurs concitoyens. Ces maires, issus de petites communes situées le long du légendaire chemin de fer du Transsibérien, se réunirent pour discuter d'un projet ambitieux qui allait changer à jamais le paysage socio-économique de leur région.

Conscients des ressources naturelles abondantes et du potentiel inexploité de leurs terres, ces maires avaient adopté une idée révolutionnaire : la création d'un Groupement d'Intérêt Économique (G.I.E.) à vocation sociétale entre leurs communes. Leur objectif était de mobiliser collectivement les ressources financières nécessaires pour construire de grandes structures verticales autogérées et agroclimatiques le long du chemin de fer, qui se nommaient "LES CALDERAS VEGETALES".

Ces "CALDERAS VEGETALES" étaient bien plus que de simples infrastructures. Elles représentaient un véritable symbole de développement durable et de progrès pour les petites communes russes. En utilisant des technologies durables et des méthodes agricoles innovantes, ces structures verticales étaient capables de produire des récoltes abondantes tout au long de l'année, malgré les conditions climatiques parfois rigoureuses de la région.

Mais ce n'était pas tout. Il était également prévu d'intégrer plusieurs "LES CALDERAS VEGETALES" au sein d'une future cité touristique révolutionnaire, baptisée HYPERBOREA. Cette cité serait le point de convergence de l'innovation, de la durabilité et du rayonnement électromagnétique positif. Grâce à leur capacité à générer un climat propice à la vie végétale et à produire de l'énergie positive, ces infrastructures deviendraient de véritables générateurs de bien-être et de prospérité pour la région.

Ce projet ambitieux avait été soigneusement conçu pour maximiser les avantages pour les communes impliquées dans le G.I.E. sociétal. Les revenus économiques générés par les infrastructures, ainsi que le rayonnement national et international qu'elles engendreraient, seraient répartis équitablement entre toutes les communes membres du consortium. Les maires étaient fermement convaincus que cette approche collective était la clé de la réussite et de la prospérité pour leurs communautés respectives.

Lors de leur réunion, les maires discutèrent passionnément des aspects techniques, financiers et organisationnels du projet. Ils partagèrent leurs idées, leurs expériences et leurs préoccupations, cherchant à trouver les meilleures solutions pour assurer la réussite de leur entreprise commune. Ils savaient que ce projet nécessiterait un effort conjoint, une coordination sans faille et une confiance mutuelle entre les communes impliquées.

Au fil des discussions, l'excitation grandit parmi les maires. Ils réalisèrent l'ampleur du potentiel de leur projet et les opportunités infinies qu'il offrait à leurs concitoyens. Ils s'imaginaient déjà des régions florissantes, où les citoyens bénéficieraient de nouveaux emplois, d'une sécurité alimentaire renforcée et d'une qualité de vie améliorée.

Le projet des "CALDERAS VEGETALES" et de la cité HYPERBOREA était un symbole d'espoir et d'innovation pour ces maires et leurs communes. Ils étaient conscients des défis auxquels ils devraient faire face, des ressources financières à mobiliser et des obstacles bureaucratiques à surmonter. Mais ils étaient également animés par une détermination inébranlable et une foi profonde en la capacité de leurs communautés à réaliser de grandes choses lorsque l'union fait la force.

Ainsi, les maires quittèrent leur réunion avec un sentiment d'optimisme et de responsabilité. Ils savaient qu'ils avaient un long chemin à parcourir, mais ils étaient prêts à relever le défi. Ensemble, ils allaient bâtir un avenir radieux pour leurs concitoyens, en utilisant la puissance de l'union, de l'innovation et du développement durable.

Et l'histoire se poursuivit, portée par la volonté et la détermination de ces maires, qui firent de leur rêve une réalité. "LES CALDERAS VEGETALES" s'élevèrent le long du Transsibérien, éblouissant les voyageurs par leur beauté et leur efficacité. La cité HYPERBOREA devint une destination prisée, attirant des visiteurs du monde entier et offrant de nouvelles opportunités à ses habitants.

Ainsi, une nouvelle ère de progrès et de développement commença pour ces petites communes russes, unies par leur volonté commune de créer un avenir meilleur. "LES CALDERAS VEGETALES" et la cité HYPERBOREA restèrent comme des témoignages vivants de la puissance de la coopération et de l'ingéniosité humaine.

Et tandis que l'histoire se déroulait, d'autres régions du monde s'inspirèrent de ce modèle novateur et entreprirent à leur tour des projets similaires. "LES CALDERAS VEGETALES" et HYPERBOREA devinrent des symboles mondiaux de durabilité, de coopération et de prospérité partagée.

Ainsi, une simple réunion entre maires russes marqua le début d'une transformation profonde et positive, qui s'étendit bien au-delà des frontières et des limites géographiques. Les petites communes russes firent la démonstration de leur capacité à façonner l'avenir, à créer des opportunités et à ouvrir de nouvelles voies pour l'humanité tout entière.

Et l'histoire continue, portée par l'espoir et la volonté de ceux qui osent rêver grand et agir ensemble pour un monde meilleur.

Chapitre 21 – La vision du maillage ferroviaire Russe

Dans un futur proche, la Russie est devenue une destination incontournable pour les voyageurs du monde entier. Le chemin de fer, qui a toujours été un moyen de transport essentiel dans le pays, est devenu le moyen de locomotion le plus développé et quasi unique. Les autorités locales ont réalisé l'importance de cette infrastructure et ont investi massivement dans la construction de nouvelles lignes, permettant de relier non seulement l'ouest à l'est via le célèbre Transsibérien, mais également le nord au sud, en desservant les régions les plus reculées et dépeuplées de la Russie.

Le paysage ferroviaire est désormais un véritable spectacle féérique et magique. Les voies ferrées serpentent à travers des paysages pittoresques, traversant des montagnes majestueuses, des forêts luxuriantes et des plaines infinies. Mais ce qui rend chaque voyage en train unique, ce sont les CALDERAS VEGETALES qui jalonnent chaque ligne ferroviaire.

Ces CALDERAS VEGETALES, de véritables joyaux architecturaux, sont des complexes végétaux agroclimatiques autonomes. Elles s'étendent le long des voies ferrées, offrant aux voyageurs un spectacle visuel et olfactif enchanteur. Chaque CALDERA VEGETALE est conçue comme une oasis de verdure verticale, abritant une multitude de plantes exotiques et de cultures locales. Les voyageurs peuvent admirer la diversité des espèces végétales tout en se délectant de la beauté de ces jardins suspendus.

Ces complexes végétaux ont également une vocation agricole. Grâce à des techniques de pointe en matière d'électroculture, de magnétoculture, d'agriculture verticale et de cultures hydroponiques, ils produisent une quantité impressionnante de fruits, de légumes et d'herbes aromatiques, assurant ainsi une alimentation saine et durable pour les populations locales et les voyageurs.

La renommée des CALDERAS VEGETALES et de la célèbre cité touristique HYPERBOREA, qui a été le modèle initial de ces complexes, a rapidement traversé les frontières. Des personnes du monde entier affluent vers la Russie pour vivre cette expérience unique. Les voyageurs se laissent envoûter par la magie des jardins suspendus et la possibilité de déguster des produits frais et savoureux directement cultivés à proximité.

De plus, cette attractivité touristique a également conduit de nombreux étrangers à envisager de s'installer en Russie. La vision d'un pays où la nature et la technologie se marient harmonieusement, offrant un mode de vie durable et respectueux de l'environnement, a captivé l'imagination de nombreux individus à la recherche d'une nouvelle vie. Les complexes végétaux agroclimatiques autonomes ont créé de nouvelles opportunités d'emploi et ont contribué à revitaliser des régions autrefois dépeuplées.

La Russie est ainsi devenue un exemple mondial en matière de développement durable, de préservation de la nature et d'innovation agricole. Les autorités locales ont su exploiter les ressources naturelles du pays tout en préservant son patrimoine et en favorisant l'écotourisme.

Dans cette vision du futur en Russie, le chemin de fer est bien plus qu'un simple moyen de transport. Il est devenu le fil conducteur d'une expérience extraordinaire, reliant les voyageurs aux merveilles naturelles et agricoles du pays. La

Russie est devenue un symbole de prospérité, d'harmonie entre l'homme et la nature, attirant des visiteurs du monde entier et inspirant d'autres nations à suivre cet exemple.

Et tandis que les trains traversent les paysages grandioses de la Russie, les voyageurs sont transportés dans un monde où le rêve devient réalité, où la beauté et la féérie se mêlent à la durabilité et à l'innovation. C'est une vision d'avenir où la Russie se présente comme une terre d'opportunités et d'émerveillement, où les CALDERAS VEGETALES et la cité HYPERBOREA illuminent le paysage, offrant un avenir prometteur à tous ceux qui ont le privilège de les découvrir.

Chapitre 22 – La vision du futur - Prose

Dans les horizons lointains de la Russie, un avenir radieux se dessine. Les rails du chemin de fer, autrefois de simples voies de transport, sont devenus les fils conducteurs d'une symphonie envoûtante, reliant les voyageurs aux merveilles naturelles et agricoles du pays. C'est un paysage enchanteur où les rêves prennent vie, où la magie et l'émerveillement s'entrelacent avec la durabilité et l'innovation.

Le Transsibérien, ce légendaire train qui traverse les vastes étendues de la Russie, est devenu bien plus qu'un simple moyen de transport. Il est devenu une invitation au voyage, une promesse de découvertes inoubliables. Les autorités locales, conscientes de la richesse de leur patrimoine naturel, ont investi avec ardeur pour étendre les voies ferrées aux confins du pays, tissant une toile de connexions entre le nord et le sud, reliant les régions reculées et les territoires autrefois oubliés.

Le paysage qui s'offre aux yeux des voyageurs est d'une beauté à couper le souffle. Les montagnes majestueuses se dressent fièrement, embrassant le ciel d'un bleu infini. Les forêts luxuriantes dévoilent leur splendeur, avec des arbres millénaires qui semblent murmurer des histoires séculaires. Les plaines sans fin s'étendent à perte de vue, offrant une perspective infinie sur la grandeur de la nature russe.

Mais au-delà de cette scène magnifique, quelque chose de magique se profile. Le long des voies ferrées, émergeant de ce paysage à couper le souffle, se dressent les CALDERAS VEGETALES. Telles des oasis vertes au milieu du désert, ces complexes végétaux agroclimatiques autonomes sont de véritables miracles de l'ingénierie écologique.

Chaque CALDERA VEGETALE est une œuvre d'art à part entière. Des jardins suspendus s'étendent sur les structures verticales, créant un paysage d'une beauté époustouflante. Les plantes exotiques et les cultures locales prospèrent dans cette symbiose parfaite entre technologie et nature. Les visiteurs qui montent à bord des trains sont transportés dans un monde féérique, où les senteurs enivrantes des fleurs et des herbes aromatiques emplissent l'air, et où les couleurs chatoyantes des fruits et légumes émerveillent les yeux.

Ces CALDERAS VEGETALES ne se contentent pas de ravir les sens des voyageurs. Elles ont également une vocation agricole, contribuant à la sécurité alimentaire et à la durabilité des régions environnantes. Grâce à des techniques avancées d'agriculture verticale et de cultures hydroponiques, elles produisent une abondance de nourriture fraîche et nutritive. Les habitants des petites communes voisines, autrefois confrontés à des défis liés à l'accès à une alimentation saine, peuvent désormais se nourrir des fruits de leur propre terre.

Ces merveilles architecturales sont intégrées dans un projet encore plus ambitieux, la cité HYPERBOREA. Nichée au cœur de paysages spectaculaires, cette cité touristique est devenue un symbole d'innovation et de développement durable. Les visiteurs affluent du monde entier pour découvrir cette utopie écologique, où les technologies de pointe cohabitent harmonieusement avec la nature environnante. Ils sont fascinés par les infrastructures verticales qui servent de générateurs climatiques, créant un environnement confortable et agréable en toutes saisons.

Dans cette vision du futur, la Russie devient une destination incontournable pour les amoureux de la nature, les explorateurs en quête de nouvelles expériences et les chercheurs de solutions durables. Des voyageurs venant des quatre coins du globe se laissent emporter par la magie des CALDERAS VEGETALES et de la cité HYPERBOREA, inspirant d'autres nations à suivre cette voie.

Le paysage russe se métamorphose, devenant un tableau vivant où la nature et la technologie s'entremêlent pour créer un avenir radieux. Les petites communes, rassemblées au sein d'un G.I.E. sociétal, partagent les bénéfices de ces infrastructures avec leurs habitants, renforçant la cohésion sociale et l'épanouissement collectif. La Russie s'ouvre au monde, rayonnant de prospérité et de développement durable, prête à accueillir ceux qui souhaitent partager cette vision d'un avenir harmonieux entre l'homme et la nature.

Chapitre 23 – L'effervescence du monde

Dans un monde connecté, où les frontières géographiques s'estompent, une nouvelle ère de coopération et de partage voit le jour. À travers des plateformes de travail collaboratif en ligne du programme EL4DEV, des individus aux quatre coins du monde s'unissent pour donner naissance à des cités touristiques éducatives agroclimatiques autogérées, portant fièrement le label LE PAPILLON SOURCE. Cette convergence d'esprits créatifs et passionnés transcende les barrières linguistiques et culturelles, faisant de la coopération internationale une priorité absolue.

Parmi ces cités, éparpillées aux quatre coins de la planète, chaque lieu a sa propre identité et ses particularités uniques. La cité ATLAS, nichée au cœur du Maroc, révèle les trésors de la culture locale, mêlant traditions ancestrales et technologies durables. La cité de NGOMPEM, au Cameroun, est un témoignage vibrant de l'héritage africain, où l'agriculture responsable et les savoirs ancestraux se mêlent à l'innovation.

La cité HYPERBOREA, en Russie, est un joyau de créativité et d'ingénierie écologique, où les CALDERAS VEGETALES fleurissent le long des voies ferrées, créant un paysage féerique pour les voyageurs du mythique Transsibérien. La cité HELIOS, en Grèce, célèbre le lien étroit entre le soleil et l'agriculture, offrant une expérience éducative immersive au sein de ses jardins solaires.

Au Brésil, la cité LUZ brille de mille feux, conjuguant la richesse de la biodiversité amazonienne et les technologies vertes pour créer un écosystème durable et inspirant. En France, la cité

NOUVELLE ATLANTIDE est une ode à la coexistence harmonieuse entre l'homme et la mer, explorant les enjeux de la préservation des océans et de l'aquaculture responsable.

La coopération internationale est au cœur de cette révolution sociétale. Les petites communes de chaque pays forment des Groupements d'Intérêt Économiques sociétaux, unissant leurs forces et leurs ressources pour construire collectivement ces infrastructures d'envergure. Les échanges de savoir-faire et de ressources favorisent l'épanouissement mutuel et renforcent les liens entre les communautés.

Le monde entier est en effervescence devant cette vague de créativité et de coopération. Des passionnés de tous horizons se réunissent physiquement dans chaque cité, pour contribuer à la conception collective, échanger des idées novatrices et développer des solutions durables. Les rencontres humaines et les échanges culturels nourrissent l'inspiration et laissent place à une synergie créative sans précédent.

Au-delà de la réalisation de ces cités labellisées LE PAPILLON SOURCE, c'est un véritable élan vers un avenir plus durable, plus éducatif et plus solidaire. Ces cités deviennent des modèles à suivre, des lieux d'apprentissage et de partage pour les générations présentes et futures. Leur impact s'étend bien au-delà de leurs frontières, inspirant d'autres nations à embrasser cette vision d'un monde meilleur, où la coopération internationale et le respect de la nature sont les fondements d'une société épanouie.

Chapitre 24 – Un monde en quête d'harmonie

Au cœur d'un monde en quête d'harmonie et de renouveau, une lueur d'espoir émerge : le projet du PAPILLON SOURCE. Cette initiative audacieuse et novatrice transcende les frontières et rassemble les peuples autour d'une vision commune : construire des cités touristiques éducatives agroclimatiques autogérées, symboles d'une coopération internationale sans précédent.

Dans cette ère de connectivité globale, les individus, dispersés aux quatre coins du monde, se rejoignent virtuellement au sein de plateformes de travail collaboratif. Ils partagent leurs idées, leurs compétences et leurs connaissances pour cocréer ces cités d'un genre nouveau. En unissant leurs forces, ils repoussent les limites de l'imagination et de la réalisation, repensant les modèles urbains et agricoles traditionnels.

Au Maroc, la cité ATLAS se dresse fièrement, mêlant les traditions ancestrales berbères à l'innovation écologique. Les intervenants et les visiteurs se croisent dans les espaces animés, échangeant leurs savoirs et leurs richesses culturelles. Les CALDERAS VEGETALES s'élèvent majestueusement, créant des oasis verticales où les plantes prospèrent et où la biodiversité s'épanouit.

Plus loin en Afrique, au Cameroun, la cité de NGOMPEM s'enracine profondément dans la terre fertile de l'Afrique subsaharienne. Les communautés locales s'impliquent activement dans la gestion des ressources, utilisant des méthodes agricoles alternatives en harmonie avec les avancées technologiques durables. Les CALDERAS VEGETALES, véritables symboles de régénération, offrent un abri à une flore luxuriante et renforcent les liens entre l'homme et la nature.

La Russie, quant à elle, abrite la cité HYPERBOREA, joyau du Transsibérien. Les voyageurs qui parcourent cette ligne mythique découvrent un monde de merveilles végétales et d'expériences sensorielles. Les CALDERAS VEGETALES, sentinelles de l'innovation écologique, régulent le climat, créant des oasis de fraîcheur et de beauté. Les visiteurs se laissent emporter par la magie des lieux, connectant les traditions russes avec une vision d'avenir durable.

En Grèce, la cité HELIOS célèbre le soleil, l'énergie cosmique et les énergies renouvelables. Des infrastructures captent la puissance des rayons, alimentant les locaux et les jardins en électricité propre. Les voies étroites sont bordées de jardins verticaux où poussent des légumes, des fruits et des herbes aromatiques. Les intervenants, fiers de leur science et de leur mode de vie durable, partagent leur expertise avec le monde entier.

Au Brésil, la cité LUZ brille de mille feux. Les visiteurs ont compris que la diversité est une richesse à préserver. Les CALDERAS VEGETALES, géants végétaux, servent de ponts entre les différentes communautés, favorisant l'échange et la coopération. Ces fermes verticales fournissent une abondance de produits frais et locaux, soutenant une économie circulaire et inclusive qui n'est plus vraiment une économie mais plutôt un procédé de partage.

En France, la cité NOUVELLE ATLANTIDE est un phare d'innovation et de créativité. Les structures fantaisistes s'intègrent harmonieusement dans le paysage, utilisant les énergies alternatives et des procédés de pointe pour une vie durable. Les intervenants et les visiteurs sont des pionniers de la mobilité douce, utilisant des trains électriques pour se déplacer en harmonie avec l'environnement.

Ces cités labélisées LE PAPILLON SOURCE sont bien plus que des destinations touristiques. Elles sont des écoles expérimentales, des centres éducatifs, des laboratoires vivants où les connaissances sont partagées, où les solutions sont expérimentées et où l'avenir est forgé. Chaque intervenant, chaque visiteur est un acteur de ce mouvement mondial de coopération et de transformation sociétale.

Grâce à la coopération internationale, les petites communes de chaque pays ont formé des Groupements d'Intérêt Économiques sociétaux. Elles unissent leurs ressources, leurs expertises et leurs aspirations communes pour coconstruire ces infrastructures extraordinaires. Les bénéfices économiques et sociaux reviennent exclusivement aux populations locales, renforçant les liens de solidarité et de développement local.

Ainsi, dans ce futur lumineux, les cités du PAPILLON SOURCE rayonnent comme des étoiles dans un ciel nocturne. Elles inspirent le monde, ouvrent des perspectives d'un avenir durable et offrent un modèle de coopération internationale fructueuse. La majestuosité des CALDERAS VEGETALES, la richesse des échanges culturels et la prospérité partagée nourrissent les cœurs et les esprits, transformant notre vision de ce que l'humanité peut accomplir ensemble.

Chapitre 25 – Les deux leaders de l'Est – Vladimir Poutine et Kim Jong-un

Au cœur des enjeux diplomatiques et des discussions internationales, une rencontre historique s'est déroulée entre Vladimir Poutine, le leader russe, et Kim Jong-un, le dirigeant de la Corée du Nord. Dans un dialogue empreint de cordialité et de vision commune, ils ont évoqué la possibilité d'implanter le projet du PAPILLON SOURCE sur les terres de la Corée du Nord.

Vladimir Poutine, conscient de la portée universelle de cette initiative, a exposé les valeurs fondamentales du projet : la coopération internationale, le développement durable et l'épanouissement des communautés locales. Il a partagé sa conviction que le PAPILLON SOURCE pourrait être un catalyseur pour l'ouverture de la Corée du Nord, offrant de nouvelles opportunités de développement social.

Kim Jong-un, à l'écoute de ces arguments, a exprimé son intérêt pour le projet. Il a souligné le potentiel de la Corée du Nord en tant que terre d'accueil pour une cité touristique agroclimatique autogérée, mettant en avant les ressources naturelles et humaines abondantes et le patrimoine culturel unique du pays. Il a également reconnu l'importance de l'ouverture sur le monde et l'impact positif que cela pourrait avoir sur la réputation et la croissance de la nation.

Les deux leaders ont discuté des avantages que cela apporterait à la Corée du Nord. L'implantation d'une cité du PAPILLON

SOURCE sur ses terres permettrait d'obtenir l'attention du monde entier, d'encourager le tourisme durable et spirituel et de créer de nombreuses opportunités d'épanouissement pour la population locale. Cela contribuerait également à améliorer l'image du pays sur la scène internationale, favorisant ainsi les échanges culturels et les partenariats intellectuels.

Cependant, ils ont également abordé les défis et les obstacles potentiels à la réalisation de ce projet ambitieux. Les questions logistiques, les infrastructures nécessaires et les contraintes politiques ont été débattues avec prudence et réalisme. Les deux dirigeants ont convenu de la nécessité de consultations plus approfondies et d'études techniques pour évaluer la faisabilité et les implications concrètes de cette entreprise.

En conclusion de leur rencontre, Vladimir Poutine et Kim Jong-un ont exprimé leur engagement mutuel à poursuivre les discussions et à explorer davantage les opportunités offertes par le projet du PAPILLON SOURCE en Corée du Nord. Ils ont souligné l'importance de la coopération entre la Corée du Nord et la Russie, mais également internationale ainsi que de l'innovation pour relever les défis mondiaux, et ont exprimé leur volonté commune de faire progresser la paix, le développement durable et le bien-être des populations.

Ainsi, cette conversation entre les deux dirigeants a ouvert la voie à de nouvelles perspectives pour le projet du PAPILLON SOURCE, élargissant ses horizons vers de nouvelles terres et renforçant l'idée que la coopération internationale transcende les frontières politiques et ouvre la voie à un avenir plus prospère et harmonieux.

(L'utilisation des noms de ces personnalités publiques ne porte pas atteinte à la vie privée des personnes et n'est pas à caractère diffamatoire)

(Note: Cette rencontre est purement fictive et ne reflète pas un événement réel ou des positions politiques actuelles.)

Chapitre 26 – Le parc-à-thème

Au cœur d'un paysage enchanteur, émerge la cité HYPERBOREA, telle une vision venue d'un autre temps. Un parc-à-thème unique en son genre, elle déploie ses bras accueillants pour offrir aux visiteurs un voyage transcendant au-delà des limites du monde connu. HYPERBOREA, bien plus qu'un simple divertissement, se présente comme un véritable sanctuaire altermondialiste, un lieu de préparation pour une ère nouvelle.

Les portes de la cité s'ouvrent sur un monde de possibilités infinies, où l'apprentissage se fait par l'expérimentation. Les visiteurs, assoiffés de connaissances et d'éveil spirituel, se laissent emporter par les vents du changement qui soufflent sur HYPERBOREA. Ici, les barrières du passé s'effacent, laissant place à une nouvelle conscience collective, à un nouvel âge d'harmonie et de symbiose.

Les voies de la cité vibrent d'une énergie singulière. Des enseignements anciens se mêlent aux procédés novateurs, formant une alchimie unique qui guide les pas des visiteurs sur le chemin de la découverte. Chaque coin du parc révèle une surprise, une leçon à apprendre, un regard différent à poser sur le monde.

Les jardins verdoyants de HYPERBOREA sont de véritables sanctuaires de vie, où la nature et l'homme se fondent en une symbiose parfaite. Les visiteurs se retrouvent immergés dans un écosystème florissant, où la biodiversité est célébrée et préservée. Chaque plante, chaque animal qui les entoure raconte une histoire d'interconnexion et de respect mutuel, rappelant l'importance vitale de notre relation avec la Terre.

Au cœur de la cité, les temples du savoir s'élèvent majestueusement, offrant un refuge pour les chercheurs de vérité. Des maîtres éclairés partagent leur sagesse millénaire, guidant les visiteurs sur les sentiers de la connaissance intérieure. Ici, les esprits s'ouvrent, les croyances se transforment, et chacun trouve sa propre voie vers l'illumination.

HYPERBOREA est bien plus qu'un simple parc-à-thème, c'est un appel à la transformation individuelle et collective. Les visiteurs, venus des quatre coins du monde, se rassemblent dans cet espace sacré pour embrasser un nouvel état d'esprit, pour préparer leur esprit et leur cœur à l'avènement d'une ère nouvelle. Les énergies convergent, les âmes s'unissent, et une conscience planétaire émerge peu à peu, porteuse d'espoir et de renouveau.

Dans cet univers hors du temps, HYPERBOREA offre une vision alternative du monde, un aperçu d'un futur où les frontières s'estompent, où la coopération prime sur la compétition, où la nature et l'homme se réconcilient. Les visiteurs quittent la cité transformés, porteurs d'une vision renouvelée, prêts à contribuer à l'émergence d'un monde meilleur.

HYPERBOREA, la cité des possibles, demeure un symbole de l'audace humaine, de notre capacité à transcender les limites et à rêver en grand. Puissent les vents du changement nous guider vers un avenir où chaque être humain, inspiré par cette expérience unique, contribue à façonner une réalité où la paix, la coopération et l'harmonie règnent en maîtres.

Chapitre 27 – La cité des enfants

Au cœur de HYPERBOREA, telle une merveilleuse émergence, se déploie LE MINI PAPILLON SOURCE, un monde miniature vibrant d'énergie et de promesses. Dans ce lieu enchanté, les enfants et adolescents deviennent les acteurs inspirés d'une transformation mondiale, portant en eux la flamme de l'innovation et de l'espoir.

Les portes du MINI PAPILLON SOURCE s'ouvrent sur un univers conçu spécialement pour les jeunes esprits curieux et audacieux. Ici, les enfants et adolescents découvrent une réplique fidèle de la cité-mère, un espace où leurs rêves prennent vie et où leur imagination s'épanouit librement. Les services et les opportunités qui leur sont offerts rivalisent en importance avec ceux destinés aux adultes, car ils sont considérés comme des piliers fondamentaux de la société de demain.

Dans ce havre de créativité, les jeunes visiteurs explorent les voies de l'apprentissage expérimental. Ils s'engagent dans des projets passionnants, collaborant avec leurs pairs pour concevoir des solutions innovantes, imaginant un monde meilleur et plus durable. Guidés par leur insatiable soif de connaissances, ils explorent des domaines tels que l'écologie, les énergies renouvelables, l'agriculture durable et les technologies émergentes.

LE MINI PAPILLON SOURCE offre aux jeunes esprits la possibilité de transformer leurs idées en actions concrètes. Dans des ateliers stimulants, ils explorent les enjeux de notre temps, proposent des initiatives novatrices et participent à des expérimentations qui nourrissent leur éveil social et environnemental. Leurs voix, leurs perspectives uniques et leur créativité sans bornes sont célébrées et écoutées avec respect et admiration.

Au sein de ce monde miniature, les enfants et adolescents se révèlent comme de véritables catalyseurs de changement. Leurs réalisations, leurs inventions et leurs réflexions audacieuses sont fièrement exposées aux adultes qui les visitent, suscitant émerveillement et inspiration. Car dans cette vision globale de l'évolution, chaque génération joue un rôle clé, et les jeunes sont reconnus comme des agents de progrès et d'espoir.

LE MINI PAPILLON SOURCE devient ainsi un carrefour d'idées, un lieu d'échanges entre les générations. Les adultes, témoins des talents émergents, sont invités à écouter, à soutenir et à collaborer avec ces jeunes visionnaires. Ensemble, ils créent une dynamique transformative, une synergie où la créativité, l'innovation et la volonté de changer le monde se rencontrent.

Ainsi, dans les pas des adultes, les enfants et adolescents embrassent leur rôle actif dans la construction d'un avenir radieux. Leur présence au sein du MINI PAPILLON SOURCE témoigne de l'importance de leur voix et de leur potentiel pour façonner un monde plus juste, durable et harmonieux. Ils sont les gardiens de l'espoir, les artisans de l'évolution, et leur engagement inébranlable guide notre route vers un avenir prometteur.

Que LE MINI PAPILLON SOURCE continue de briller comme une étoile filante, éclairant nos chemins de son éclat rayonnant. Que les rêves des enfants et adolescents s'élèvent haut dans le ciel, porteurs d'un avenir où les limites n'existent pas et où chaque cœur, jeune et vieux, trouve sa place dans l'édification d'un monde meilleur.

Chapitre 28 – Les étudiants camerounais et russes

Dans les méandres des destins croisés, une passerelle se forma entre deux pays, reliant les terres du Cameroun aux contrées de la Russie. C'était l'aboutissement d'un accord bilatéral de coopération intellectuelle, où des étudiants camerounais s'envolèrent vers la Russie et des étudiants russes s'immergèrent dans les terres du Cameroun. Leur objectif commun : participer au développement collectif des cités d'HYPERBOREA en Russie et de NGOMPEM au Cameroun, œuvrant ensemble à l'édification d'un avenir meilleur.

D'un côté, les étudiants camerounais, porteurs d'une richesse culturelle et d'une ingéniosité sans pareille, s'apprêtèrent à s'envoler vers la froide Russie. Leurs cœurs étaient remplis d'excitation et d'appréhension à l'idée de découvrir une nouvelle terre, une nouvelle culture, mais surtout de contribuer à un projet aussi audacieux que la cité HYPERBOREA. Ils étaient conscients de l'importance de leur rôle dans cette aventure collective, de leur capacité à apporter des idées novatrices et des solutions éclairées. Ils étaient les ambassadeurs d'un Cameroun en quête de progrès, d'échanges et de partenariats fructueux.

De l'autre côté, les étudiants russes, porteurs d'une longue tradition de savoir et de technologie, embrassèrent l'opportunité de s'immerger dans la culture vibrante du Cameroun. Ils furent accueillis à bras ouverts, prêts à élargir leurs horizons et à partager leur expertise dans la création de la cité de NGOMPEM. Leurs esprits étaient ouverts, avides d'apprendre des pratiques locales, de comprendre les enjeux et les aspirations du peuple camerounais. Ils comprenaient que la coopération intellectuelle était la clé de l'innovation et du développement durable et sociétal.

Lorsque ces deux groupes d'étudiants se rencontrèrent, un véritable pont entre les cultures se forma. Les barrières linguistiques furent transcendées par la passion commune pour la création et la transformation. Ensemble, ils s'immergèrent dans les richesses culturelles de chaque pays, explorant les traditions, les arts et les coutumes locales. Ils partagèrent leurs expériences, leurs savoirs et leurs rêves, tissant des liens indéfectibles qui dépassaient les frontières géographiques.

Dans leurs échanges fructueux, les étudiants camerounais apportèrent leur connaissance de l'environnement, de l'agriculture durable et des besoins spécifiques de leur pays. Ils partagèrent les savoirs ancestraux, les pratiques agricoles respectueuses de la nature et les méthodes innovantes pour préserver les ressources naturelles. Leur créativité et leur vision inspirèrent les étudiants russes, qui apportèrent leur expertise en matière de technologies, de conception architecturale et de gestion des ressources.

Ensemble, ils travaillèrent main dans la main pour concevoir les plans, les modèles et les stratégies nécessaires à l'épanouissement des cités HYPERBOREA et NGOMPEM. Les étudiants camerounais apprirent les nouvelles techniques de construction, les principes de la durabilité et de l'efficacité énergétique, tandis que les étudiants russes s'imprégnèrent des coutumes locales, de l'agriculture traditionnelle et des défis environnementaux spécifiques au Cameroun. Chacun était animé par un esprit de collaboration, de respect mutuel et de recherche commune du bien-être collectif.

Au fil du temps, les liens entre les étudiants devinrent des amitiés profondes, des relations solides et des partenariats durables. Leur coopération intellectuelle dépassait le cadre des projets de construction pour englober des initiatives culturelles, des échanges académiques et des programmes de sensibilisation sociale. Ensemble, ils organisèrent des événements communautaires, des conférences internationales et des projets éducatifs visant à partager leur expérience et à inspirer les générations futures.

Et lorsque les cités HYPERBOREA et NGOMPEM se dressèrent fièrement, témoignant du génie créatif et de la coopération internationale, les étudiants, devenus des acteurs clés de ces réalisations, se sentirent gratifiés. Ils savaient qu'ils avaient contribué à un projet d'envergure, à un héritage durable pour leurs pays respectifs. Leurs réalisations servirent de modèles, de sources d'inspiration pour d'autres régions du monde, encourageant la coopération intellectuelle et la création de cités éducatives agroclimatiques autogérées à travers la planète.

Ainsi, dans cette histoire de coopération internationale, les étudiants camerounais et russes écrivirent ensemble un chapitre mémorable. Leur engagement, leur créativité et leur vision d'un monde meilleur traversèrent les frontières, créant un pont solide entre leurs cultures, leurs nations et leurs rêves communs. Et grâce à leur travail collectif, les cités HYPERBOREA et NGOMPEM devinrent des symboles de coopération, de développement durable et d'épanouissement humain.

Chapitre 29 – LE PAPILLON SOURCE, infrastructures de la nouvelle Hyperborée

La civilisation mythique d'Hyperborée et la vision du projet LE PAPILLON SOURCE partagent plusieurs similitudes dans leur quête d'une société idéale et harmonieuse. Tout d'abord, les deux mettent l'accent sur la recherche de la sagesse, du savoir et de la connexion profonde avec la nature.

Dans les récits d'Hyperborée, le peuple mythique était réputé pour sa sagesse et sa connaissance supérieure. De même, le projet LE PAPILLON SOURCE vise à promouvoir l'éducation, l'apprentissage collaboratif et la transmission des connaissances. Les cités expérimentales agroclimatiques autogérées et végétales sont des lieux où l'expérimentation, la recherche et l'apprentissage sont encouragés, permettant aux individus de développer une compréhension profonde de leur environnement et de la manière de vivre en harmonie avec lui.

Une autre similitude réside dans l'importance accordée à l'harmonie avec la nature. Hyperborée était décrite comme une terre où les habitants vivaient en parfaite harmonie avec leur environnement naturel. De même, les cités du projet LE PAPILLON SOURCE cherchent à intégrer les principes de durabilité, d'agroécologie et d'utilisation responsable des ressources naturelles. Les complexes végétaux agroclimatiques autogérés permettent de cultiver des aliments de manière écologique, de préserver la biodiversité et de minimiser l'impact sur l'environnement.

En outre, les deux visions mettent en avant l'idée de partager le savoir et de contribuer au bien-être collectif. Hyperborée était perçue comme une source de sagesse et d'enseignement pour les peuples voisins. De la même manière, le projet LE PAPILLON SOURCE encourage la coopération internationale, le partage des connaissances et la collaboration entre différentes communautés. Les cités expérimentales agroclimatiques offrent un espace où les idées et les solutions peuvent être partagées, discutées et mises en pratique, avec l'objectif commun d'améliorer la société dans son ensemble.

Cependant, il convient également de noter que le projet LE PAPILLON SOURCE se distingue de la civilisation mythique d'Hyperborée par sa dimension concrète et contemporaine. Alors qu'Hyperborée est un récit légendaire ancré dans le passé, le projet LE PAPILLON SOURCE est une vision d'avenir qui cherche à concrétiser ces idéaux dans le monde réel. Les cités expérimentales agroclimatiques autogérées et végétales sont des projets concrets qui visent à créer des communautés durables, éducatives et résilientes, tout en favorisant l'innovation, la coopération internationale et la recherche de solutions aux défis mondiaux actuels.

En somme, bien que la civilisation mythique d'Hyperborée et le projet LE PAPILLON SOURCE diffèrent dans leur contexte et leur temporalité, ils partagent une vision commune axée sur la sagesse, la connaissance, l'harmonie avec la nature et le partage collectif des idées et des solutions. Ils inspirent tous deux à créer des sociétés plus équilibrées, durables et conscientes de leur environnement, où les individus peuvent s'épanouir et contribuer au bien-être commun.